낙타를 타고
소금 바다를 건너다

시와소금 시인선 · 113

낙타를 타고
소금 바다를 건너다

조성림 시선집

시와소금

© 지내리 집필실 앞에서

▌조성림

- 1955년 강원도 춘천 출생.
- 2001년 《문학세계》 신인상 당선으로 등단.
- 시집으로 『지상의 편지』 『세월 정류장』 『겨울노래』 『천안행』 『눈보라 속을 걸어가는 악기』 『붉은 가슴』 『그늘의 기원』(2018 한국문화예술위원회 문학나눔 선정도서)이 있음.
- 한국문화예술위원회, 강원문화재단 전문예술창작지원금 수혜.
- 홍천여자중학교 교장 및 춘천문인협회 회장 역임.
- 현재, 〈표현시동인회〉 회원.
- 전자주소 : csl4793@hanmail.net

인생은 나에게
꽃을 주고 열매를 주고
또한 허무를 주었다.
그리하여 그 허무를 허무는 것이
나에게는 시였고 정신이었고 혼이었다.

시선詩選을 추스르며 사실
나무처럼
나를 돌아보고자 한 것이다.

그리하여 다시
내가 살아가는 동안
어떻게 살아가고
어떻게 새의 노래를 닮아갈 것인가.

2020. 04

현곡시거玄曲詩居에서 조성림

| 차례 |

| 시인의 말 |

제1부 지상의 편지 (2002, 문학마을사 간)

제2부 세월 정류장 (2003, 한결 간)

제3부 겨울 노래 (2007, 한국문연 간)

제4부 천안행 (2013, 한결 간)

제5부 눈보라 속을 걸어가는 악기 (2014, 발견 간)

제 1 부

지상의 편지

(2002, 문학마을사 간)

소유

그는 경매에 나온 구획된 땅을
헐값에 사고 기뻐했다
나이 들어갈수록
모임이 많다는 것을 자랑했고
무엇이든지 붙들고
손안에 넣으려고 애를 썼다
그것이 그의 기쁨의 지적도를
넓혀주는 유일한 길이었다
그것도 모르고 나는
어릴 적부터 지금까지
내가 걸어 다니고 내가 쏘다니던 산과 강이
모두 나의 소유라고 생각했다
그리고 아직도 나는 변변치 못해
저 소유 위에 돋아나는
파란 풀들과
그 위의 아침이슬과
이슬의 눈 속에 박혀있는 보석 같은 햇빛들이
나의 소유라고 고집하고 있는 것이다

겨울 초상

그해 겨울, 짧은 해
헐벗은 생각들 몰고 황급히 떨어지고
어둠 가득한 산기슭에
형은 혼자 남아
단단히 얼어붙은 수로를 손질하고 있었다

봄은 아득히 멀더니
황사 바람 일던 어느 봄날
파란만장한 서울 생활을 마침내 청산하고
근근이 모은 세월로
바람 많은 산자락에 과수원을 장만했다
봄부터
식구들은 온종일 과일나무에 매달려 과일나무가 되고
하얀 얼굴의 과일 봉지가 되고
다디단 수액이 되어
밤마다 색깔 고운 꽃을 피우더니
한밤의 된바람에도 허방으로 굴러떨어져
슬픔으로 불어나던 강물

흑염소로 자라나던 아이들을 좇아서
나는, 저녁놀 묻어나던 강나루를 건너
마을 끊어진 눈 덮인 길을 끝없이 걸어갔다
뒤로 어느새
은빛 발자국들 하나 둘 속삭이며 겨울강을 이루고
저녁놀 잔잔히 뿌려진 얼음 위로
미끄러지던 사계의 온갖 상념들

가스등 하나로도 넉넉히 밝아오던 그 밤
두런대던 횃대에서 씨암탉마저 잠이 든
깊은 정적 속에
하늘엔 유난히 밝은 별들이 언 채로 빛났고
우리는 밤이 이슥하도록
서러운 꽃들을 주우며
겨울 계곡에 남아 있을 우리들의 수로를 찾아
밤새도록 맨발로 헤매었다

그리고 다음날, 얼음 깨지는 소리와 함께

강은 빛났고
날개 가득 눈부신 햇살을 떨어뜨리며
힘껏 날아오르던 물오리 떼들을
한없이 눈물로 바라보았다

지상의 편지

어머니, 오늘 두껍게 덮인 눈을 쓸며
어머니의 가장 가까운 자리에 와 서 있어요
겨울 향기가 가득한 국화꽃 몇 송이를
부끄러이 어머니 앞에 내놓으며
어머니가 흘린 눈물만큼
하늘은 더욱 파랗게 빛나는 것을 보아요
더는 가까이 갈 수 없는 자리에서
어제는 무수한 별, 별들이 쏟아져 내려
지상은 하얗게 눈으로 덮여 있어요
아이들은 어머니를 위하여
눈물 뒤에 오는 사랑이 영원하다는,
맑고 깊은 향기를 맨손으로 뿌리며
잔잔한 지상의 노래를 부치고 있어요
지상의 단칸방에서
영혼의 집을 지으시며 걸어가던 길 위를
내가 걸어가고 있어요
또다시 들꽃 향기를 들고
들꽃 향기가 마를 때까지

번개시장

새벽을 번개같이 열면서
물때를 기다리는 민물 게처럼
세상을 향해 알을 품듯
올망졸망한 보따리들 이고 지고
어디선가 섬광처럼 어둠을 불쑥 뚫고
푸른 계절을 달려온 채마 얼굴이 보일 듯 말 듯
아낙들이 밀려와
한껏 묶은 새벽을 펼쳐 놓는다
펼쳐 놓아야 살갖 부끄러운 푸성귀 몇 줌,
삶이란 언제나 우리들의 가장 따뜻하고
섬세한 뿌리들을 있는 그대로 내어놓는 것
그리하여 새벽잠을 매달고 나온 사람들이
아주 조심스럽고 작은 목소리로
푸른 채마의 마음 상하지 않게
흥정도 걸어본다
때로는 국밥 한 그릇으로
헛헛한 새벽의 공복을 다스려 보고
간 절인 고등어 한 손으로

애써 삶의 아픔을 지우려 하지만
결국 새벽을 푸르게 몰고 오는
푸성귀 한 묶음도 할 말 많은
한 생애로구나
새벽시장을 떠들썩하게 일으켜 세우고
나무 등걸 같은 손으로
장작불 햇살들을 여기저기 뿌려대며
아침을 불러 모으는 것이

조간신문

영하의 혹한이 계속 주둔한 채로
막막한 어둠 그대로인 새벽을 뚫고
불빛 같은 발자국 소리 어김없이
계단을 자박자박 힘있게 올라오고 있다
깊이 빠져든 겨울잠의 뿌리들 건드리며
간밤에 있었던
온갖 편안치 않았던 냉랭한 소식들,
그 희비의 활자들이 왁자지껄 일어서고
행간과 행간 사이에서
애틋이 찾을 수 없는 마음만 안쓰럽다
혹시
따뜻한 위안의 안식처가 어디엔가 숨어있지 않을까
살펴보고 또 살펴보지만
번번이 활자들은 상처들만 찍어놓고는 달아난다
그 많은 삶들이 번져가는 지면 위에
어쩌다 온 생을 받쳐 얻어진 빛을
여과 없이 선뜻 내놓는
굴참나무 얼굴을

4단의 귀퉁이에서 가끔씩 만나
향기로운 생애가 만져지곤 하지만
그때마다 번지는 잉크 냄새가
어쩔 수 없이 울컥 가슴을 뒤흔든다
메울 수 없는 공간을 지우고 가는
저 발자국 뒤에
분명히 활자들이 꽃들로 피어날 거야 하고
생각하다 다시 혼곤히 깎아지른 잠 속에 떨어진다

정선에 들다

무슨 커다란 각성이 떠올라
길들을 추슬러 저 혼자 떠나가는가
한껏 가본다고 해야
길 위에 물방울로 남아 있는 작은 회한들
한 폭의 산수화로 떠오르는 산들 위에
그리움의 먹물을 치고
외로움의 뿌리로 다가오는 강물이 흘러
푸른 세월을 기웃거리거나
혹은 낡은 자화상을 말없이 내민다
살아온 날들은 무엇이고
살아가야 할 날들은 또 무엇인가
막막한 여정 위에
무언의 이정표는 화살을 던지는데
때로 여기 와서도 나 감감히 길을 잃는다
멀리 동해로 가는 길이
넌지시 잦아들어
때론 가슴을 설레게도 하지만
저 푸른 강물 위에

말못할 연민들을 헹구어내고
먼 여숙의 허기진 날들 앞에
한 그릇 선지의 해장국도
얼마나 따뜻한 위로가 되는가
한 줌 햇살의 낙향처럼
나 그렇게 숨어들어
밤마다 아우라지 강가에 부서져
할 말 많은 은하수가 되고,
맨몸으로 구르던 자갈들 질펀한
저 아우라지 처녀의 구성진
한 소절의 아라리가 되고

새로운 출발

살가운 여자중학교 졸업을 앞두고
그해 가을 도계의, 저탄장의 탄가루들이
우리들의 가슴을 턱턱 숨 막히게 할 때
돌아올 수 없는 시간 앞에
너는 기필코 부산의 신발공장으로
내려가야 한다고 막무가내였지
낮에는 뒤꿈치가 다 닳도록 일을 하고
늦은 밤엔 졸음과 함께 사이좋게 공부를 한다는,
무엇이 너를 그 먼 부산 갈매기로 내몰았는지

길의 뿌리는 사람들의 가슴에 가 닿고
나는 그 길에게 넌지시 물어가며
너의 집을 향해 이십 리 길을 생각으로 걸어갔다
토끼길로 접어든 비탈진 산엔 가을이 한창 무르익고
약초로도 충분히 견디어 오던 삼대(三代)가
아버지의 눈이 어두워져 가세가 힘없이 기울어져 갔다
아버지는 줄 것이 없다며 토종 달걀을
둥지에서 발소리를 지우며 꺼내왔고

나는 보름달보다 더 진한 노른자위를 가슴에 담았다
내려오는 길은 후끈 달아올라 산들이 타올랐고
나는 내내 그 가을 속으로 빠져들었다

다음날 운동장엔 벌레 같은 버스들이 속속 들어찼고
나는 수업을 하다 말고
유리창에 말없이 매달려 갈매기가 되어
한 옥타브 낮은음으로 바닷물을 훔쳤다
그리고 싱싱하고 물오른 아이들이 차곡차곡 실리어
돌아올 수 없는 가을 속으로 천천히 떠나갔다

횟집에서

겨울이었고
하늘 끝이 잘게 썰려 함박눈이 퍼부었고
바다는 싱싱하게 살아서 파닥거렸다
어느새 도마 위에는 파닥거리는 바다가 얹히고
횟집 아줌마는 잡담처럼 잰 손놀림으로
회를 쳐댄다
바다가 아픈지 자꾸만 꿈틀거리고
아픈 만큼 입속에서 아삭거리는 생살을
낄낄거리는 웃음과 섞어 잘근잘근 씹는다
그렇다, 한 생애는
살아있는 전부를 온전하게 주고 가는 것
그 뼈로 매운, 탕까지 주고 가는 것
비닐 천막은 휘몰아치는 바람의 기세를 막아선다고
살아서 힘껏 펄럭거리는데
기웃거리는 틈새로 술잔 위에 찰랑거리는 바다
그 바다가 서슬 퍼런 눈을 치켜뜨고 있다

제 2 부

세월 정류장

(2003, 한결 간)

그릇

내 몸이
포만한 밥을 넣거나
술을 부어댈지라도

날마다
저 여명 속에 찾아오는
슬픔과 기쁨,
각기 자기 목소리로 찾아드는
온갖 신선한 색깔들,
그리고 새들의 흉내 낼 수 없는
아름다운 음색을
내 몸 어디엔가 소중히
담아가고 있는 것이다

세월 정류장

서점에 들러
시집 두 권을 옆구리에 끼고
어스름이 눅눅하게 찾아드는
버스 정류장에 서 있다

그 덜커덩거리던 버스는
젊었을 때의 무거운 가방과
콩나물시루가 되던 머리들과
그만그만한 꿈들을 용케도
아주 멀리 실어가 버렸다

다시 그 자리에 와
새로운 시간의 버스를 기다리며
빈 몸으로 서 있다

이 정류장에서는
사람들이 저마다 저희 주머니에서 털어낸
웃음들이 보인다

혹은, 길가에서 하루 종일 찐 옥수수며, 감자며
이야깃거리가 안 되는 자잘한 푸성귀를 내놓는
아낙들의 숨은 손도 보인다

어제와 오늘의 집의 방향이
사뭇 다르다니,
바람을 머리에 이고 싱싱하게 달려가던
그때의 버스들은 모두 어디론지 가버렸다
그리고 나만 웃음 속에 혼자다
가끔 네온의 불빛이 나를 기웃거리고
정말 속 깊이 앓았던
몇몇 겨울의 얼굴들이 지나가고 있다

지나가는 것들이 생명이라고
실려 가는 것들이 뜨거운 삶이라고

섬진강

갈대피리를 지나서
금빛 모래가 눈부시고
푸른 살결로 끝없이 흐르는 강물을
발끝 모아 바라본다
수백 리 길을 아릿하게 달려오며
매화꽃으로 흐드러지게 달아올랐다거나
지리산을 가슴 깊이 품었다거나
조금도 자랑을 꺼내 들지 않고
그저 화개장터를 잔잔히 지나간다
장날이라고 해야
사람들의 신파조 이야기에 신물이 날 만도 한데
결코, 재첩국을
한 대접 받아 먹었대서가 아니라,
그래도 막걸리에 젖은 가슴들을
푸르게 찍으며
하구에 가까워졌음을 예감한다

편을 가르지 않고

서로의 손을 따뜻이 잡아주는
살결 고운 강줄기가 되어본 적이 있는가
그 깊고 어두운 밤길을 혼자서
울면서 걸어본 적이 있는가
저 혼자 삭히며
저 혼자 반짝거리며

황태 덕장

죽어서도,
푸른 바다에 씻긴 이름이
설경 그대로인
저 진부령 자락으로 실려 갈 때
얼마나 행복하리

비록 얼기설기
어느 형장의 틀로 엮은 덕장에
살아생전 그 숱한
가벼운 말들이 문제가 되어
여기 입을 줄줄이 매달아 올릴 때까지
어느 누구의 입에서 군침이 돌았을까
짙푸른 바다를 빠져나온 태양이
끝도 없는 눈밭에
아, 눈부신 햇살을 마구 뿌려댈 때
죽어서도 겨울 여울을
얼마나 얼었다 녹았다 수없이 건너가야
어느 식도락의 입을 녹이는 살점이 될까

나도 아직 다스리지 못한 입이 있어

산채로 혼자서

마른 나뭇가지 한편을 세내어

입을 매달고

동안거에 들어갈 꺼나

눈부신 설경 속에 눈을 뜬 채로,

그러다가 죽는다 해도

진부 장날

강원도 두메에도
햇살 같은 장날이 어김없이 찾아오고
새벽부터 가마에는
설레어 소머리 국이 설설 끓고 있다

그 옛날 봉평에서부터
장돌뱅이들이 나귀에 짐을 싣고
눈물처럼 그렁그렁
메밀꽃 따라 수십 리
달빛 따라 수십 리 길을 걸었다는,

안개 덮인 길에서 만난 두 노인을
차에 태우고 꿈속같이 달려간다
짐이라야 풋고추 한 보따리
약초 몇 뿌리,
내놓는 말조차 부끄러워하는데
나는 왜 굴참나무 얼굴 앞에서
더욱 고개 숙여지는가

새벽, 장터에는 숙연하게
생활을 속속 채워줄
싸구려 물건들이 진열되고
햇살 퍼지면
흥이 살아날 거라고
질퍽한 하루가 살아날 거라고
마침내 이 산간에도
산 내음 같은 날이 밝을 거라고

옛 지도 찾기

길에게 길을 물어
품속의 서해를 찾는 일이란
얼마나 힘든 숨바꼭질인가
그 끝없는 대호방조제를 지나면서
헛헛한 들판이 가슴 가득 들어찬다
도비도라는 아름다운 이름의 섬이
이젠 땅끝 자락이 되어 사람들을 맞는데
눈동자 속에선 아직도
저 드넓은 들판이 그대로
푸른 파도로 출렁거린다
그래, 언젠가는 하얀 쌀밥이 그리워
갯벌을 메우고
팍팍한 들판을 세워 풍작을 노래했겠지만
그 진득한 갯벌의 여운이
끝내 가슴을 부여잡고 있다

여행객들 몇몇 겨울 바람에 실려
난꽃같이 피어있을 난지도로 떠나고

떠날 수 없는 내 마음만이
서해에 와서 서럽다
끝도 없이 서럽다

제 3 부

겨울 노래

(2007, 한국문연 간)

밤차

막차가 그녀를 가랑잎처럼 싣고 떠나갔다
대합실에는 밤과 내가 멋쩍게 남아
또 적막의 바닥을 걸었다

그녀는 입술이 떨렸고
나는 아직 할 말이 냇물처럼 남았는데
기차는 냉정을 되찾고 훌쩍 떠나갔다

창마다 별을 싣고 치달리는 기차가
앞산을 돌아
애오라지 가슴을 훑고 지나갔다

그 자리에 오래도록
밤과 별이 흔들리지 않고 남아 있었다

호박

평생을 흙으로 살아온 형님이
한 아름 되는 늙은 호박 하나 보내왔다

호박은 우람했고
계절의 골짜기가 깊었고
한쪽 구석이 많이 일그러진 채
거실에서 무슨 군자처럼 떡 버티고 있었다

졸음으로 나긋나긋하던 어느 봄날,
노란 꽃 속으로 벌들을 향기롭게 부르던 날부터
무슨 심통으로 돌부리가 팔뚝질을 해댔는지
그 응어리 가슴 안으로 끌어안고 평생
아버지같이 불구의 몸으로 살아온 삶이 아프다

그도 그 삶에 지쳤을까
군데군데 거무죽죽하게 상해 들어갔고
꽉 웅크리고 있던 가슴은 단단했다
그래도 무엇을 그토록 사랑했었는지

꽃게알처럼 가득한 씨앗들이 내내 눈부셨고
비어 있는 내부는 왕릉의 산실(産室)처럼
오랫동안 금빛 노을로 출렁거렸다

겨울 노래

아리따운 그대여
내가 그대에게 가
송두리째 사랑으로 닿지 못하여
마침내, 겨울이 오고
나무로 문을 열어놓은 채
눈송이들의 현란한 하늘 발자국 소릴 듣는다오

모두들 따뜻한 집으로 잦아든 시간
서운하기 그지없는 마른 갈대에 기대어
훌훌 강물로 떠나지 못한 자들의 비애도
간간이 기둥 사이로 들린다오

밤이 길어 더욱
쌀 씻는 소리로 다가오는 별빛들
그대 하나로
지상의 가로등은 더욱 불타오르고
겨울 수레바퀴도 음악을 굴린다오

그대에게 창문을 달아주는
한 생애의 불빛들 강물 소리로 뒤척이고

이 밤이 그대에게로 가는 길고 긴 길이라는 것을
파도로 그대에게 닿아 눈부신 아침이 되는 것을

바보 성자를 따라가다

삽보다 더 검은 어둠 속에서도 눈은 내렸고
눈 덮인 아침을 성자가 걸어가고 있었다

남자인지 여자인지
얇고 검은 도포를 두른 채
젖은 운동화를 신고
겨울새처럼 잠은 어느 빈 나뭇가지에서 이루었는지
모든 것이 의문투성이인 성자는
말이 없었고 빈손으로 앞만 보고 걸었다

나는 차마 성자의 얼굴을 볼 수조차 없었고
흰 눈처럼 비어 있는 성채를
겨울나무로 한참을 따라갔다

성자는 지구의 끝까지라도 걸어갈 요량으로 걸었고
그 무언(無言)이,
하얀 눈의 무게가 나를 덮었다

음력 정월 대보름달

그때 어린 외아들과 늙은 엄마는
솔검불과 짚으로 긴 홰를 만들어
초가집 뒷밭에 올라가
꾸덕꾸덕하게 언 밭에 홰를 힘차게 꽂고는
사방을 적막으로 빨아들이던 어둠과
그 어둠 속으로 치솟아 오르던 휘영청 달을 보며
주위의 어둠을 조금씩 밀어내던 성냥불로
홰에 간절히 불을 붙이고
어린 나이 수만큼 절을 하며
그 가난과 슬픔을 모두 태워 달에게 알렸으니

그때의 엄마 나이를 밟고 넘어가는 아들도
다시 환하게 부서지는 보름달 아래
그때 피워올리던 낱낱의 소망이
아직도 연기로 올라가며 종교보다 앞서 뭉클하게
마음을 환하게 젖게 하고 있는 것이다

꽃게의 바다

너는 푸른 눈썹의 바다가 하루 종일 찰랑거리는
창원의 질펀한 시장 바닥에서
게장을 직접 만들어 보내왔다

제철을 골라
제 고장 백령도 꽃게는
간장에 자작자작 담긴 채
딱딱한 갑옷을 입고
그 깊은 바다에서도 무슨 싸울 일이라고 있었는지
장엄한 두 집게발을 선뜻 거둬들이지 못했다

꽃게는 속살이 가득 찼고
바다처럼 신선했고
바다의 내면으로 가득했다

언젠가 훌훌 보따리 하나로
그 남해로 떠났던 네가
세상과 사투하느라

너의 껍질도 단단하게 굳어갔고
세상의 바닥에서 술과 친한 친구였다 했지

무엇이라도 싹둑 자르고 싶은
저 무시무시한 꽃게의 가위
하지만 어느 자락 하나 잘려나가지 않고
너만 뭉텅뭉텅 잘려나갔다, 했지

바다 밑바닥에도 어쩌다 빛이 닿았는지
마침내 너는 새살이 돋고
눈부신 속살을 채우고 있었다
그 파란 눈썹의 남해 창원에서

황태

여름이 다 갈 무렵 그녀는
동해 바닷가 초등학교 선생이 되어
명태 한 꾸러미를 들고 불쑥 나타났다
두 눈엔 갑자기 바닷물이 들어찼는지
그렁그렁 수평선이 반짝였다

살갑던 도계여중 시절
딸 많던 집안 막내인 그녀의 생활도
늘 저탄장의 탄차에 실려 다니고
얼굴은 폐석의 그늘에 가리어 늘 어두웠다
나도 늘 탱자나무 산울타리에 생채기가 나고
내 꿈도 덩달아 덜컹거리던 그 밤들이
비탈을 구르고 또 굴렀다

그녀는 그렇게 느티나무 그늘을 졸업하고
공장을 헤매며 눈물과 함께 삶에 충실했거나
혹은 교대를 편입해 삶의 궤도를 수정했다
그녀가 멀고 먼 길을 내어 바다로 가는 길을 만들고

전어 눈알 같은 아이들 앞에 마침내
꼿꼿한 해송으로 서다니

이제 길고 긴 암호문이 되어버린 밤의 이력 위에
푸른 파도가 몰려왔고
그녀의 생애도 진부령 눈 덮인 덕장에 매달려
얼마나 얼었다 녹았다 반복했을까

그 삶이, 그 생살이
내 입속에서 녹고 있으니
마음 저 밑바닥에서 끝없이 헤엄치고 있었다

새벽별

그해 겨울 추위도 칼날 위에 서 있었고
우리는 여자아이들과
그 겨울의 꽃눈 속에서도 따뜻한 무언가 꼼지락댈 것이라고
젖소를 기르던 형님네 움막 속으로,
겨울밤 속으로 기어들어 갔지

밤은 호롱불만큼이나 길었고
우리는 구울 수 있는 것들은 모두
감자처럼 구워대며
낄낄대는 웃음을 처억척 얹어 뜨겁게 불며 넘겼지
겨울밤에도 불 앞에서는 얌전했고
젖소들은 콧김을 기관차처럼 내뿜으며
주먹만 한 순진무구한 눈알을 굴려댔지

긴 밤도 따뜻하게 흘러내리던 시간들
결코 밤은 길지 않다고
호롱불은 우리들의 그림자를 흙벽 위에
혹은 천막 여기저기
아니면 외양간에 아주 흉물스럽게 발라 놓았지

흙 같은 형님도
겨울을 위하여 내줄 것이 없나
괜스레 분주했으니
그 겨울밤은 결국 모두가 눈을 뜨고 있었지

늦은 밤, 잠이 깜빡 들었을까
형님은 혼자서 새벽잠을 걷어내고
젖소들의 불은 젖통을 끌어내고
하얀 명주실 같은 젖을 뽑아내
우유 통을 가득 채워갔지

새벽이 눈을 뜨려는지 하늘이 비췻빛으로 열렸고
형님은 우유 통을 자전거 뒤에 매달고
잠을 일찍 깬 강을 끼고 시내를 향해
발을 힘껏 내딛는 소리가 아스라했지
그 위로 소스라치게 돋아있던 해맑간 샛별이
지금도 새벽이면 나를 끌고 가고 있으니

독도 사랴

나는, 아직도 단조로운 운율에 마음을 빼앗긴
밤의 도굴꾼들을 알고 있다
자신의 거울이 없는
자신의 굵은 성찰이 없는……

때때로 아쟁의 간드러진 선율이
숨어있는 마음의 바닥을 일으켜
서슴없이 베어내고는 날아간다

21세기의 대낮에도 습관처럼 악령에 사로잡혀
진실을 모르는 채
중얼거리고 있으니

지난 음유시인들이 주옥같이 노래하던
그 봄의 들판은
목련 가지 끝에 횃불을 댕기어 다시 왔건만
저 병동을 걸어 다니는 말들은
아직도 저들의 지성의 눈을 감싸 매고 있다

동해의 푸른 발자국이 선명한데도
괭이갈매기의 구전(口傳)이 바위로 남아 있어도

검은 수도승

얼지 않고 푸른 속내로 흐르는 겨울 금강 가
잔물결의 털들 잔잔하게 일으키며
십여 마리 흑염소 떼들 저희들끼리
오후의 마른 풀밭을 거닐고 있다

간혹 금관악기의 음향을 흩뿌리며
검은 옷을 두른 수도승으로
지상의 마른 양식을 뜯고 있다

스스로 흘러 어느 바다에 가닿을
겨울강 건너가는 빈 배들,
마른 풀밭의 종교 위에
단단한 발굽 소리도 잠재우고
오후 내내 평화롭게 떠가고 있다

제 4 부

천안행

(2013, 한결 간)

입춘에 매화를 걸다

곤줄박이 끝끝내 얼었던 발을 풀며
비어서 눈부신 자작나무를 건너서 맨 먼저
비장한 음색을 나뭇가지에 걸고 있다
그 비장한 틈에 나도
매화가 만개한 족자를 방에 내다 걸며
감히 매화를 허투루 받아도 되는 걸까 하고는
매화가 오는 공중을 빈손으로 쓰다듬어 보는데
저 숱한 날개가 번져가도
어느 것 하나 빠뜨리지 않고 챙겨
거두는 공중의 마음을
차마 여백으로 받아내 보기도 하는 것이다

달의 시구

오래전
어느 봄날 눈부신 배나무 가지 아래
밤이 다 가도록 혼자서
달의 시구를 받아 적은 적이 있다

그 황홀함이란,
일필휘지하던 시원의 말씀들이 낱낱이
대낮같이 밝았다

한때는 혜초의 말씀을 들고 무작정
우루무치에서 둔황까지 이르던
고비사막을 몇날 며칠 달려
오아시스에 다다른 적도 있는데
오로지 죽음과도 같이 흙먼지뿐인 그 사막의 길이 들려주던
비단의 말씀들이
나뭇가지 아래에서도 한 송이 한 송이
향기롭게 부풀어 오르는 것이다

사실 한 줄의 시구를 구하는데도
천축의 삼장법사처럼 평생의 일이었다

별들이 잉잉거리며
밤과 낮의 장단에 나를 풀어주고
눈부시게 오는 나뭇가지들 하나하나가
먼 눈썹 같은 가락이고 노래였다

춤

바람이 읽고 가는 것 모두
춤 아닌 것 어디 있으랴

바람의 경전에 귀 기울이며 잘랑거리는
그 물결 물결들의 옷소매나
다다다닥 물의 바닥을 차고 비상하는 저 고니의
힘찬 동작들 하나,
거기에 딸려 떠오르는 물방울 하나,
그 물방울에 튕겨져 나가는 햇살 하나,
그 모두가 눈부신 몸짓들 아닌가

바람의 냄새가 물씬거리는 그대의 동작을 건너가며
손끝이며 소맷자락이며 옷매무새며
공중으로 날아가는 그 하나하나의
깊은 새벽의 눈동자를 바라본다

삶의 우물에서 길어 올리는 두레박이여
부서지는 외마디의 외침이여

그대 자락에서 무너져 다시 피어오르는 꽃들을,

저 찬란한 하루를

애써 빚어 공중에 던지고 있다

평야의 정거장

갈말읍에서의 하룻밤은 상현달 같았다
친구는 철원평야를 책처럼 펼치며
지금부터는 쇠기러기들의 계절이라 하고는
들판을 꺼내 들었는데
좋은 친구를 소개하던 자들이 꽃처럼 떠올랐다

금학산은 이미 저녁 해를 막 삼키고 있어
가을에서 겨울로 가던 들판이 마치
장엄한 미사의 시간 같아
가슴이 말발굽처럼 들끓었다

어느 옛사람은 여기에 한 나라를 꿈꿔
백성들을 볍씨처럼 모았겠지만
필시 무언가 꿈꾼다는 것은
누군가에게 젖을 내주는 일이리라

비어 있는 들판이 잠시
쉴 참에도 맨살을 드러내놓은 채

한 생을 긋고 가는 철새들에게 남은 젖을 물리듯,
먼 길 가는 나그네들 불러 예로써 대접하는
저 들판이 얼마나 뜨거운 경전인가

친구도 이 빈 들에서 밥을 얻어
하룻밤 내주는 깨달음으로 가고 있겠지만

철새들도 수시로 하늘에 붓질하며
까마득한 춤으로 수를 놓아
낱알 같은 별들이 밤새 쏟아졌고
저 뜨거운 들판을 혼처럼 껴안고 싶은 나는 밤새
새들의 날개를 닦아주고 있었다

천안행

그는 산처럼 아직 천안에 계셨다
나는 모든 것을 거두절미하고 빗속을 떠났다
떠난다는 것은 빗속이건 맑은 날이건 아무 상관없다
빗줄기는 장대처럼 장대(壯大)했다
그래도 음악처럼 빗줄기에 기대어 보았다
음악이 또다시 쏟아졌다
하늘이 편안했다

그는 요사이 무(無)조차 잊는다 하셨다
나는 워낙 깨달음이 느려 다다르지 못했다

금강 가를 거닐었다
강은 드넓은 옥수수밭과 비단 살결같이 흐르는 강물을 함께
펼쳐놓았다
압권이었다
강은 정(靜)과 동(動)의 요사채를 한눈에 보여준 것이다
느림과 빠름의 한 획이 그어졌다

마음은 늘 그렇듯 한 획 안에 있다
나도 늘 그 안에서 길을 잃었다
내가 무엇을 쌓고 무엇을 허물었는가

또 부여의 궁남지도 걸었다
서동과 선화공주의 애틋한 사랑은 아직도 유효하다
연못에는 연꽃들이 연잎 사이에서 입술처럼 피어났다
연못과 연잎과 연꽃들의 저 조화가 장관을 넘어서 저녁처럼
장엄했다
어느 숨결 하나 큰소리로 외치지 않았다
그것이 그대로 큰소리였다
깨달음은 어디에서고 느닷없이 불쑥 나타났다
아주 순간적이었다

호숫가 학교

푸른 샛별로 세수를 하고 나오는 너희들이 모여
여기, 호수를 이룬다

너희는 자전거로 태양을 굴리고 오거나
걸어서
개울가 산사나무로 푸르게 얘기하며 오고 있구나

언제나 봄은 너희에게서 꿈꾸는 것
때로 휘날리는 꽃잎이며 노을이
어찌 너희를 앞질러갈 수 있겠는가

새들은 늘 너희들 날개 속에서 날아갔고
나무들 또한 너희에게서 숲을 이루거늘
저 강물을 따라가 보아라
강기슭도 단단한 하루의 노래가 되고
밤을 적시는 등불들도 얼마나 따뜻한 옷감이 되는가

때로 야콘을 파 헤집고

고구마의 굵은 야심작을 찌고
옥수수의 음률을 뜯으며
우리들의 시간도 익어갔거늘

다시 별들로 돌아오는 우리들의 호수를 잊지 말라
너희들 가슴에 긴긴 편지로 남아
너희들을 잊지 못해
여기서 동화처럼 늙어갈 이 호숫가 학교를

이모네 막창집

그녀도 나이 오십을 훌쩍 넘어 산전수전 다 뒤지고는
여기 쪽방에 생의 막장 같은 막창집을 차렸을 게다

돼지의 저 끝의 끝과 같은 생을 헤매어 나도
미처 한낮이 채 걷히기도 전에 기어든다

여기 앉아보면
세상도 나도 빌어먹을 내장처럼 참 길게도 걸어왔다
차라리 저 분처럼 자신을 뭉텅뭉텅 썰어 숯불에 올라가
노릇노릇 생의 마지막까지 몽땅 털고 가는 저 보시가 뭉클해
잠시 나는 밖을 걸어가는 행인들을 보며 딴전을 피운다

어스름과 파와 양파와 소스와 소주와 구수하고 쫄깃쫄깃한
막창의 마지막 입담의 조화가 얼마나 절묘한가

그대 저 분 앞에서 혹시라도
무엇을 한 푼 적선했다, 라는 말 한마디 절대
입 밖에도 꺼내지 말라

겨울 문상

굵은 눈발이 진종일 퍼붓던 날
그 아버지는 눈송이로 삶의 경계를 지워나가시고는
세상으로 통하는 모든 문을 닫으셨다
생신 전날 떠나셨으니
그 아들 자신이 죄라 일컫고
흰 눈의 생신상을 한 상 푸짐하게 잘 차리시고 가셨다고 했다
영동에도 어마어마한 폭설이 오고 있다는 전갈이 속속
문상객으로 오고
창밖에는 전설처럼 음계의 이파리들이 쌓이고 또 쌓여갔다
누구는 흰떡이 맛있다며 흰떡을 시키고
누구는 떡에 박힌 떡살 무늬가 오랜만에 아름답다고 음미했다
눈이 얼큰하게 어우러진 오후
눈송이들은 그렇게 한 생애의 살결을 포개며, 내내
쓰라렸던 또 한 생애를 하얗게 덮고 있었다

제 5 부

눈보라 속을 걸어가는 악기

(2014, 발견 간)

오목교를 건너다

오목교가 지금은 지하철역이다
그 옛날 이 천변에 오동나무로 만든 다리를 놓았을 것이다
오동나무로 된 다리라니
악기를 만드는 나무로 다리를 놓다니,
그 풍류가 눈 쌓인 풍경처럼 싸늘하다
어쩌면 다리를 건너는 사람들이
가야금을 건너는 손가락 같았을 것이다
다리를 건너는 것이 세월을 건너는 것이고
세월을 건너는 것이 가야금을 타며 가는
한 소절 터져 나오는 노래였을 것이다

그리하여 나도 이 흘러가는 시절을 건너
오동나무 가야금의 튕겨져 나갈 듯한
시구의 가락으로 오늘 날아가고 있는 것이다

식영정*

수백 년 전 자미탄*을 바라보며
수많은 명 문장가들이
시를 짓고 가사歌辭를 읊었다는
정자에서

이월도 하순
군불을 지피고 저녁을 모으며
녹차를 나눠 마시고는
옛 가객歌客들의 그림자를 펼쳐가는데

아래 연못에서는 벌써 개구리소리들,
옛 시인들이 시회詩會를 열고 있는지
요란하게 먼 적막을 끌어오고 있다

시에 오르던 배롱나무와 노송들은 아직도
우람하게 그 자리에서 세월을 닦고 있는데

나도 가사처럼 저녁연기 두르고

한 잎의 시간을 건너가고 있다

* 식영정 : 담양의 그림자가 쉬고 있는 정자
* 자미탄 : 목백일홍이 핀 여울, 광주천

현대조각전

방송국 야외 뜰에는 지금
자신의 가을을 모은 작품으로
조각전이 한창이다
돌로 쇠로 흙으로 형상화한
자신이 가지고 있는 현대적인 시각으로
깎고 붙이고 세워놓았다
하지만 그 틈에 펼쳐 보이는
하늘도 나무도 바람도 이 오후도
사실 놀라운 현대적인 것이었다
또한 어디선지 아주 늦게 도착한
곤줄박이 한 쌍이 노래를 계속 풀어대며
자신들의 작품을 놓을 자리를 찾고 있다
이게 도대체 누가 출품한 작품인가
시선을 모으려는 듯 이리저리 날아
옥상에서 내린 외줄에 거꾸로
온몸을 붙여 전위예술을 선보이기도 하는 것이다
관람객의 시선은 굳어진 조각에만 옮겨 다니지만
이보다 더 현대적인 것이 과연 어디 또 있겠는가

날아서 수많은 동작을 선보이는 작품이 단연
오늘의 압권이다

잘 익은 인생

종로 광장시장 초입 좌판에
계절을 건너온 과일들이
제 모양과 색깔을 빚고 빚어
옹기종기 모여 있다

모과, 석류, 자두, 무화과, 감, 대추, 귤…

각기 엄마 나무에서
꽃 피우고 한 철
도란도란 잘도 익어
보석 같은 눈빛을 뿜어내고 있다

곁에
하, 이건 또 무슨 과일?

새벽부터 하루 종일
포대기에 손과 발 밀어 넣고
온갖 찬바람들

밀물과 썰물의 물결 사이

조글조글한 노파의 얼굴,
평생
잘 익은 채
양 떼 같은 과일을 거느리며
하루를 가고 있다

국수를 먹다

와수리 장날,
여름도 다 갈 무렵
재래시장에 퍼질러 앉아
멸치국수를 후루룩 말아 넘기는 사이
모든 것들
국수 사이로 보인다

때가 낀 일상의 말들,
땀의 범벅,
바람에 주름진 얼굴들이
국수와 함께 뜨겁게 넘어가고 있다

아직,
가슴에 닿아 파도치는
뿌리 같은 생을 보려거든
장날,
그것도 뜨거운
국수를 말아 넘기면

보이리라

닦아도 닦아도 남아 있는
눈물들이

먼 고원

고원 앞에서 평생
나는 밤이었다

한번은 시반詩伴과 함께

손에 잡힐 듯한
저 공룡의 등뼈 같은 평강고원에서
석양을 등에 걸치고
음악회를 열면 얼마나 아름다울까 하고는
밤새 얘기를 나누었는데,

하지만
고원은 아직 멀고도 멀어

한탄강으로 흐르는
어여쁜 등뼈여,
오늘 또 밤새도록
별을 뿌려
눈물이 되고 있다

밥

평야에 혼자 퍼질러 앉아
저녁을 기울여
지평의 밥을 먹네

밥알은 매일 천상에서 됫박으로 구하는
숱한 별들

지난겨울 온 천지에서
별들로 쏟아져 내리던
영혼이 맑은 새떼들을 보았네

밥알같이 날개로 와
고봉으로
나를 떠먹여 주는 새떼들 아득히 보았네

철원막국수집

50년 전통이라는 간판처럼
집도 이제는 늙을 대로 늙어갔는데
모든 것들 수시로 손길이 갔는지
하나하나 반짝이는 얼굴로 오는 것들 따뜻하다
주인 할머니 세월에 그을린 얼굴로
봉당에서 담배 한 대 피워 올리는데
그 연기 속에 갖은 풍상들 홀연,
아, 맛있겠다!
집안 구석에는 봄보다 앞서
온갖 화초들, 다투어 꽃들 쏟아내고 있으니
오늘 그 예쁘고 고운 꽃들이 할머니 구석구석에서
꽃다운 시절을 노래하고 있겠다

눈보라 속을 걸어가는 악기

한겨울에
위와 장을 몽땅 바람처럼 비우고
내시경이 나를 들여다보는데
비어 있는 동굴,
처음과 끝은 하나로 통하였고
하나의 대금,
비어 있는 채로 공명을 만들어내고 있다
한 호흡으로 가락을 빚어
그대에게 보내는 이 애절함
한 세월
꽃 피우고 잎사귀 피워 물던 그 사랑
다 날려 그대에게 보낸 채
나는 비어 있는 몸
비어 있는 채로
그대에게 눈보라 속을 걸어가는 악기다

카르멘

집시의 여인,
카르멘을 보는 밤이다

정열의 노래와 춤과
눈물과 사랑이 파도치는 밤

몸과 마음이 눈보라처럼
휘몰아치는 밤

그 여인이,
그 사랑이 내 안에 살고 있었네

그리하여
봄이면 내 안에 꽃이 피고
새가 울고
뭉게구름이 산 너머로 가고……

먼 먼 저녁놀처럼 붉은

열매가 익어가던 것 모두,
집시 여인 때문이라는 것을 오늘
새삼 눈물처럼 그려보네

시詩

업이었을 게다

가을 어느 천변에 몰려오던
박수와 무당이
하루 밤낮을
징과 꽹과리와 피리 소리를 날리며
화려한 춤을 추고
작두를 타던

그 서슬 퍼런,
쏟지 않으면 안 될 떨림이

수시로 가슴 속에서 꽃피어
쏟아지고 있다

제 6 부

붉은 가슴

(2016, 시와소금 간)

개기월식

내 마음
그대에게 들어가 꽃을 피우고
산다는 것이

만천하에 드러나는 순간이고

전 우주적인 일이네

아이슬란드 연가

자정이 깊어가는 북극의 처마 아래
눈보라는 갈기처럼 골목을 휘몰아치는데
지구의 끝,
잠들지 못하는 사랑이 있어
활화산의 잔에 촛불을 켜놓고
그대에게
불멸처럼 밤새
편지를 쓰고 있네

눈보라도 깊어 설원으로 가는 길
나도 기적처럼
눈송이 한 잎 부여잡고
설경 속으로 가는데

사랑은 어디에서고
꽃처럼 불타올라

과즙의 시간 너머

저 열매에 닿을 것이니

이제 이 밤의 처마에서
오로라 펼쳐질 듯
눈송이 편지에 사랑도 깊어 가리니
푸른 등燈의 유빙으로 흘러
천 년,
그대에게 닿아 별처럼 빛나겠네

영축산 생각

그해, 노老 시인을 우연히
시외버스터미널에서 만났는데
혼자서 통도사를 감싸고 있는
영축산으로 등산을 떠난다 하셨다

산의 시인은
독수리 형상을 하고 있는
저 고고한 영축산을
날개 타고 오르듯 올랐을 것이다

그 시인도 하늘로 떠나신 지 몇 년,
떠나시기 얼마 전
깨알 같은 붓글씨로
조곤조곤 편지를 보내오셨다

한 생애를 그렇게
시와 산으로 꿰뚫으시고는,

그 터미널과

통도사와

영축산의 날개를 펼쳐

귓전에서 아직도 꽃잎처럼

고고하게 속삭이고 계시는 것이다

화살나무

이 세상을
강렬한 눈빛 하나로
저 가을에 이르기까지
한순간도 쉬지 않고
핏빛으로
혼신을 다하여
거두절미하고
오로지
그대에게로 날아가는 것 말고

또 무엇이 필요하겠는가

혀

평생을 동굴 속에서
마치 수행자이듯

미각의 첨단에서
관능의 촉수에서
상처의 채찍에서
저 깊은 사랑의 속삭임까지

부드럽고 부드러운
다재다능한 솜씨로,

혹은 불의 언어로
내 안에서 달려가고 있다

뽕잎차가 오시다

스승이
말린 햇뽕잎을
편지와 함께 한 봉다리 보내오셨다

새벽 2시 우연히 깨어
별의 향을 맡듯
차의 향을 마시는데

고향 우천에 내려와 토방을 짓고
자연을 걸치고 아마도
순수 새잎을
한 잎 한 잎
마치 대화를 하듯,
혹은 인생의 부적을 새기듯
그렇게 따고 그늘에 말리고
편지에 한 글자 한 글자 박음질하여
정성을 엮어서 보내셨을 것이다

저 고향 땅에 뿌리박고 있는 뽕나무가
상황버섯을 키우고
새잎을 내고
다디단 오디를 익히고
끝내는 누에의 잠을 넉 잠씩 재워
밤 같은 우화羽化를 끝끝내 기다려
저 비단 같은 하늘에 날려 보낼 때
얼마나 햇빛같이 찬란하겠는가

그 뽕잎의 마음을 읽으며 지금
새벽을 마시고 있다

음유시인과 놀다

고향이 남쪽 바다 끝자락이라는,
삶의 주 무대가 인사동이라는
오래전부터 옥탑방에서 구름과 같이 산다는 그가
인생 달관한 기타 하나 둘러메고
눈썹 끝에서 반짝거리는
속초 바다에 나타났다

한때는 소양강이 들어차는 학교에서
아이들에게 국어를 가르치기도 했다는데
고색창연한 세월은 흘러가고

밤새 여름 바다에 떠서
시를 읊고
기타와 한통속으로
신파조 노래에 한없이 파도쳤다

아침에는
금빛 햇살을 털며

아바이 마을 갯배를 아프게 건너기도 하고
푸른 바다를 눈썹에 얹으며
낮술에 젖은 채
갈매기와 함께 끝없이
남쪽 바다에 가 닿고 있었다

한 세상이 또 한 세상에게

입동의 문턱
아내는 분홍 털실로
손녀에게 건네줄 모자 달린 털옷을 그리며
뜨개질을 시작하네

허공 위에서
한 코 한 코 삽질하며
탯줄처럼
가을에서 겨울로
동화에서 동화를 건너
하루 종일 마음이 앞서가고 있네

나에게서 너에게로 가는 길
한 세상이 또 한 세상에게
쥐어주는 열매

밤낮없이 털실에 매달려
겨울로 가고

눈사람으로 꽃 피어날
분홍색 난로를
낮은 시력을 쏟으며
털실과 함께 걷고 있네

붉은 가슴

겨울 외딴집
나뭇가지에서 하루 종일 등불을 밝히던 홍시가
느닷없이 찾아온 직박구리에게
말 한마디 없이
남몰래
붉은 가슴을 내어주고 있다

봄부터 하루도 거르지 않고
꽃잎의 화살로
공중에서 지은 하늘 농사

그 애지중지한 속살을
연애처럼
선뜻 내주고 있다

그 겨울 부리에 전율한 듯
검은 씨앗 한 알 툭,
세상으로 낙하하고 있다

거룩한 저녁

콩꼬투리 깊이까지 가을이 익어가고

꿩의 발걸음도 갈대 사이에서
유난히 부산스러워졌다

처마 밑에는 간벌한 나무 등걸들이
후광처럼 들어 쌓이고
쉴 새 없던
새벽부터 저녁의 옷자락에서
먼지와 검불과 나락들이 춤추고 있다

단풍도 멀리서 친히 내려오고

땀으로 얼룩진 등을 떠밀며
이제는 쉬어야 할 시간이라고
저녁이 산등을 내려와 어루만지고 있다

제 7 부

그늘의 기원
(2018, 시와소금 간)

2018년 한국문화예술위원회 문학나눔선정도서

비누

내가 소멸해야

그 향기 온통
너를 둘러쌀 것이니

꽃나무 같은 후광이
무진장

너에게 닿아 빛날 것이다

눈물

어머니는 어릴 적 나를 빗을 때
먼 길 떠난다고
눈물샘 가득
마르지 않을
바다를 넣어주었다

멀고 푸른 수평선

일생의 사막을 걸어가면서
슬프고도 슬픈 언덕이 파도칠 거라고,

그때마다
아끼지 말고
파도의 손수건을 꺼내
닦으라고,

별을 닦는 심정으로
저 어둠 닦으라고,

거기 가난한 밤의 얼굴들이
여명이 되고
샛별처럼 빛날 거라고,

눈물샘 깊숙이 출렁이던
깊고 푸른 소매

대룡산이 들어오다

농가를 구해
낡은 외양간을 헐고 닭장을 헐고
경계를 헐었다

마당에 오래된
주목과 감나무 구상나무 철쭉 장미가
무슨 연주처럼
집안을 조율하고

울려 넘치는 소리들이 한층 깊어졌다

새들은 아침부터 저녁까지
하늘에 무슨 꽃잎처럼
온갖 노래를 뿌려대고

경계를 헐었더니
논과 밭들이 들어와 말을 트고
먼 마을까지 들어와 흥성거렸다

게다가

먼 산맥의 능선이 출렁출렁

큰소리로 들어와

한 저녁의 불빛들이 모두 정겨웠다

문간

한겨울
광주에서 먼저 온 원로 시인이

용산역 뒷골목
연탄불 피우는
허름한 돼지 생고기집에서

춘천에서 늦게 오는 원로 시인을 기다리느라
세찬 바람이 밀려오는 문간에서 서성이면서
미소 번져가는 얼굴로
곱은 손을 문지르고는
오래도록 공손히 서 있다

사람과 시를 모두
귀히 여기는
저녁이다

봄밤

소쩍새가 밤새도록 달빛에 젖어
애절한 울음을 쏟고 가는 밤입니다

모란이 그 울음을 모아
마침내 꽃의 문을 활짝 열었습니다

아이들이 나주에서 배꽃처럼 올라오고
논에는 물이 들어 무슨 명상처럼
하늘을 비추고 있습니다

겨우내 악기처럼 걸려있던 농기구도 이제
발자국소리조차 하나하나 섬세해졌습니다

나도 농가를 돌아 마음을 다잡고
물소리처럼
먼 길 떠날 채비를 서둘렀습니다

칸의 고장에서 흑마를 만나다

칸의 고장에서 하룻밤을 묵는데
새벽에 비가 추적추적 게르 지붕에 내려
꿈결 같았고
오줌을 참을 수가 없어
게르 문을 열고 나가려는데
문 앞에 흑마 한 마리가
빗속에서 풀을 뜯으며
기다리고 있는 것이 아닌가

나는 깜짝 놀라
혹시 잘못 본 것이 아닌가,
게르의 천막이 춤을 춘 것이 아닌가,
눈을 씻고 다시 보아도
아직 미명이 섞인
분명한 흑마였고
갈 길이 먼 지
계속 비에 젖은 풀을 서걱거리며
간혹 빗방울의 갈기를 털어내고 있었다

어둠이 묻어있는 나는
오줌 누려는 것도 잠시 잊은 채
게르에 들어와 곰곰이 생각에 잠기다
혹시나 해서 다시 문을 열어보니
여전히 빗속에서 젖은 풀을 뜯으며
툭툭 돌을 걷어차기까지 하는 것이 아닌가,
이제는 가야 할 때라고
대초원을 달려야 할 때라고
분명한 어떤 암시를 주고 있는 듯했다

나는 비가 쏟아지는 것도 잊은 채
가슴이 마구 뛰었고
아직 동이 트기도 전,
다른 사람들이
빗속에서 깊은 잠에 빠져 있는 사이,
빗소리의 리듬이 두드리는 동안
말 등에 올려놓을 여명의 장비를
두루 찾고 있었다

사려니숲길

신성한 숲,

그 숲길을 걸어간다는 것만으로도
신성하다

졸참나무 서어나무 산딸나무 때죽나무 단풍나무 삼나무 편
백나무…
　서로 모든 어우러지는 것들의 이름,
　가슴에 가득 부풀어 오르다

물찻오름 말찻오름 괴평이오름 마은이오름 거린오름 사려니
오름,
　먼 과거와 현재를 잇는 이 신비가
　혈관처럼 타오르다

천미천 서중천
길고 긴 계곡의 흐느낌 너머
그대 마음으로 가는

수풀을 데리고 나오는 먼 길

검은 시대
어둠을 지나

천미천 물에서
바람의 영혼이 머리를 감고

까마귀들이 날개를 씻고 있다

이 거룩한 것들의 이름이 다시
가슴의 골짜기를 어루만지고 있다

* 사려니숲길 : 제주도에 있음.

돌담 쌓기

돌을 쌓다 보니 알겠네

돌을 쌓는 일이
돌만 단순히 옮기고
그저 쌓아 올리는 일이 아니라고,

돌의 모양새를 이리저리 뜯어보고
눈으로 재어보고
하나하나 아귀를 맞춰가는 일이라고,

돌을 쌓다 보니
천천히 돌하고 두런두런 얘기도 나누고
작은 돌은 작은 대로
큰 돌은 큰 대로
제각각 쓰임새가 다르고
들어갈 틈이 따로 있다는 것을,

앞에 나서는 돌만이 다가 아니라

뒤에서 속에서 받쳐주어야
그제 서야 천천히
무슨 성벽처럼 조화롭게 말을 하고
벽이 되어간다는 것을,

담에는 돌만 사는 것이 아니라
거기 비어 있는 공간으로
바람이 영혼처럼 넘나들고 있다는 것을,

지나가며 잠시 잠깐
푸른 혼처럼 노래하고 있다는 것을

그늘의 기원

가끔 가슴을 만져보면
나는 그늘이 많고
서늘하고 습습하다

아무튼 바다처럼
그 기원이 어디서 왔는지
도통 알 수가 없으나

그늘이 많다는 것은
어느 저쪽
햇빛 찬란하고 또한
나뭇잎 무성하다는 뜻인데

그늘로 인해
너에게 수많은 신록이
들어가 살았으면 하고
여름 내내 조아렸다

나에게 그늘 한 벌

저녁 창문인 듯 들어와 오히려

눈부셨다

목련꽃 병동

병동 창밖에는
목련 가지 끝마다
마법처럼 알전구들 마구 꺼내놓고

심장 혈관을 뚫고 누우니
무심의 유리창 너머로는
먼 산맥의 물결과
나뭇가지 하나하나 찬란한데

옆방 중환자실에선
오십 대 농부가 수억 사기를 맞고
막걸리에 농약을 마시고 누워
생사를 달리고 있다

이 눈부신 날에도
꽃잎의 그늘은 밤이 되고

병동은 밤새도록
꽃잎처럼 서러웠다

봉합

옆 환자는
이십 년 넘게 잠을 못 자
정신과 약을 복용한다는데

화목보일러 장작을 전기톱으로 자르다
잠깐 한눈을 파는 사이
네 손가락이 달아나서

뼈를 잇고
신경을 봉합하고 누워있다

삶을 봉합해야 하는
아찔한 봄날,

이제 막 피어난 꽃들은
아이들같이 재잘거리며
창가에 부서져 눈부셨다

선림원지에 가서

양양 남대천 지나 서림 지나 바람골 지나

이 여름 초록의 후광을 입은
미천골,
마음처럼 깊고 깊다는
골짜기로 찾아드네

천 년도 전에
설악의 골짜기에
먼 신라의 등불을 켜고 싶었을
꽃 같은 간절함만 남고
헛헛한 마음처럼 절간도 금당도 떠나갔네

폐사지로 남은
비단의 시절

나도 세월을 벗어
석등에 불을 켜고

선림원에 드나니

먼 공중에서 쏟아지는 매미 소리의
푸른 살결

오, 곱고 고와라

말 없는 천년의 절터가 또다시
나를 끌어들여 멀고 먼
생각의 탑을 쌓고 있네

낙타를 타고 소금 바다를 건너다

낙타야,
너와 나
비단을 싣고

몽골 사막을 건너
이스탄불로 향하자

한 달이 걸리든
일 년이 걸리든

제일 느린 세월을 타고,

거기 이스탄불
꽃 같은 여인에게
평생 애써 짠
비단을 공손히 걸쳐주고는

오는 길

우리 다시
소금 자루 등에 지고
저 광활한 사막을 건너오자

외로움이 까마득한
별들의 밭을 걸어도
얼마나 즐거우랴

별들이 자욱하여
다시 올 수 없는 그 세월로
너와 나 흥에 겨워 돌아가도
얼마나 즐거우랴

이제 산골로 출출히 들어갈 때

이제 나도 자루처럼 헐렁해져
농가라도 하나 얻고
당나귀도 하나 구해
산골로 출출히 떠나가자

퍽이나 삐걱거리던 세상은
그대로 잘 살게 내버려 두고

겨울에서 봄으로 넘어오는 산골은
흰 눈 속에서 잘도 걸어 나오리

밤이면 잠 속으로 뛰어들어
가슴 뛰는
소쩍새 소리와

잃어버린 것들로 가득한
먼 곳에 외따로 있어도 좋아라

새벽 광활한 청보리밭

이슬의 감각 속으로

당나귀와 함께 천천히

방울소리 힘차게 울리며

걸어서 들어가자

밀밭의 노래

봄에서 여름으로 가던 밀밭이
망막 저 멀리 물결치고

가난에서 가난으로 이사를 가던 다섯 살,
다섯 살은 늙은 엄마 등에 업혀
마치 춤이라도 추는 듯 출렁거리고

길도 없던 밀밭 사이로
물결은 익어
바람에
황금의 머릿결이 휘날리던
오, 그 황홀함이

먼 시간의 여울소리
언뜻언뜻 흐느낌처럼
장엄하게 물결치는데

그 시간 바다로 흘러갔으련만

방죽처럼 남아있는 물결이
가슴에서 멈추지 않네

밀밭의 물결 속에
어느 저녁처럼
나는 이제 시를 노래하는 사람
쓸쓸한 산모롱이를 노래하는 사람

산뽕나무 귀로 듣다

소나기 자욱하게 뿌리는 날,
산뽕나무 수만 귀를 열어놓고
사무치게 듣고 있네

산뽕나무 수만 잎사귀는 왠지
누에를 치고 싶어하네
누에에게 아작아작 뽕잎을
입에·넣어주고 싶어하네

유년 시절, 엄마가 먼 산골짜기에 들어가
누에를 키우시고,
누에는 먹고 자고 먹고 자고
넉 잠을 지나서
거짓말처럼 입에서 비단을 뽑았으니

저 산뽕나무 잎사귀의 음계를
빗줄기가 오늘따라 하염없이
골짜기 골짜기로 밟고 가네

경계

눈보라는 경계를 두지 않는다

경계는 이 지상의 일,

눈송이는 어디에서나 꽃을 만들고
심지어는 눈사람까지도 만들어갔다

귀 기울이면
어디에서나 공평하게 쌓이는 하얀 음계 따라
밤새도록 어린 꿈에 푹푹 빠져들고
저 눈의 마음이
펑펑
환호성으로 쏟아져 내리는
눈부신 지구별에

경계도 없이
너와 나,
온통 하나가 되는 꽃잎들

| 시인의 에스프리 |

시로 가는 생

조 성 림

시로 가는 생

조 성 림

어린 시절 연못에서 물 위를 미끄러져 가던 물뱀, 그 신비로운 물뱀이 지금도 나를 기억과 추억의 세계로 불꽃처럼 이끌어 가고 있다.

나는 어려서부터 양의 속살처럼 수줍고 또 수줍어했다.

어머니가 마흔한 살에 나를 나았다. 위로는 스무 살 차이가 나는 큰누나와 둘째 막내 누나가 있었으나 모두 초등학교만 나와 식모살이로 미장원으로 공장으로 뿔뿔이 먼지처럼 사라져 어린 나에게도 가슴이 무척 아팠다. 심지어는 명절에도 집에는 그림자도 거의 비추질 않았다. 아버지가 보기만 하면 밥값 내놓으라 했으니 집은 꼴도 보기 싫었겠다. 집안이나 나라나 가장이 바로 서야 집안이 바로 선다는 것을 깨달았다.

5살 때 온의동 집 앞 연못에서 헤엄도 못 치는 주제에 겁 없이 뛰어들었다가 거의 죽기 직전에 연못 앞집 누나가 겨우 머리끄덩이를 잡아당겨 목숨이 겨우 살아났다. 하나님은 왜 나를 살렸을까? 그 이유가 무엇일까, 살아가면서 깊이 생각한다. 덤으로 사는 나. 어떻게 사는 것이 인간의 아름다운 무늬를 그리는 것일까.

다음 해 가난에서 가난으로 엄마 등에 업혀 퇴계동으로 이사를 가던 늦은 봄날, 길도 없어 밀밭으로 들어서는데 그때는 밀이 익을 대로 익은 시절이라, 바람이 휘몰아치는데 그 밀밭이 얼마나 아름답게 황금빛으로 물결치던지, 지금도 생각하면 가슴이 아름답게 물결치는 것이다.
오, 시적으로 물결치는 풍경.

144

밀밭의 노래

봄에서 여름으로 가던 밀밭이
망막 저 멀리 물결치고

가난에서 가난으로 이사를 가던 다섯 살,
다섯 살은 늙은 엄마 등에 업혀
마치 춤이라도 추는 듯 출렁거리고

길도 없던 밀밭 사이로
물결은 익어
바람에
황금의 머릿결이 휘날리던
오, 그 황홀함이

먼 시간의 여울소리
언뜻언뜻 흐느낌처럼
장엄하게 물결치는데

그 시간 바다로 흘러갔으련만
방죽처럼 남아있는 물결이
가슴에서 멈추지 않네

밀밭의 물결 속에
어느 저녁처럼
나는 이제 시를 노래하는 사람
쓸쓸한 산모롱이를 노래하는 사람

아버지는 소아마비를 앓으셨고 대한통운 쌀 창고에서 경비
일을 조금 하셨는데, 어머니가 평생 밭일 노동 땔나무 생선 야
채 및 찐 옥수수 등을 내다가 남춘천 역 앞에서 하루 종일 팔
으셨다. 어머니는 키가 145cm 정도로 아주 작으셨고, 명절 때
면 어김없이 아버지가 풍파를 일으켜 울음바다로 변하였고, 어
머니가 우시며 부르던 노래가 "석탄 백탄 타는데 연기나 펄썩
나고요, 요내 가슴 타는데 연기도 김도 안 난다."고 하는 한탄
섞인 소리가 아직도 먹먹하게 가슴을 치고 있다.

이상한 것은 아버지가 가난한 나를 교대부속초등학교에 집
어넣었다. 대부분 명동의 아이들이 오는 학교에 도시락도 못
싸오는 아이들도 몇몇 있었고, 아무튼 그 아이들과 어울리며
방울 달린 모자의 하얀 방울을 봄부터 겨울까지 목화송이처럼
흔들어대며 그래도 햇빛처럼 다녔다.

나는 국사봉으로 쏘다니며 솔새 콩새 때까치 꾀꼬리 참새 멧

새 논병아리 꿩 등과 함께 시간 가는 줄 모르고 놀았다. 심지어는 몇 시간을 엎드려 기다리며 박새 집을 찾아냈고, 박새의 그 반짝거리는 눈알과 서로 쏘아보며 지켜보았고, 풀뿌리며 깃털로 짓던 정교한 새의 집과 푸르스름한 빛깔의 새알에 신비함이 묻어났다. 심지어는 물총새가 무지개를 끌고 오던 색깔에 눈이 멀기도 하고, 때로는 끝끝내 그 절벽의 집을 찾아내 그 동글동글한 알과 색깔에 까무룩 반하기도 하였다.

사계절 동네 애들이랑 나무를 하러 다니고, 여름에는 개구리를 수없이 잡아 넓적다리를 구워 먹고, 독사를 잡아 껍질을 벗겨 구워 먹고, 메뚜기를 잡아 튀겨먹고, 오디 자두 앵두 옥수수 닥치는 대로 입으로 쑤셔 넣었으니, 단테의 지옥처럼 짐승 같은 그 아가리의 위력은 대단했다.

고개 너머에는 거울 같은 연못이 살았는데, 여름 내내 연못에 기어들어 물풀과 같이 살았고, 말잠자리들과도 사투를 벌이기도 하고, 헤엄을 쳐대고 버드나무에서 뛰어내리면서 발광이란 발광은 다 했다.

그리운 연못

고개를 하나 넘으면, 연못은 거대한 나의 거울이었다.

연못 주위에는 여러 그루의 커다란 버드나무가 있는데, 여름이면 그 치렁치렁한 나뭇가지에 발가벗고 기어 올라가 연못으로 투신을 하는 맛이란 얼마나 찬란한가. 그 연못 속으로 빠져들어 가는 잠깐 동안 약간의 서늘한 공포와 물의 진한 냄새와 부글대는 물방울과 진흙물과 살아 올라오는 안도감이 어우러져 어떤 무모하고 절묘한 용기가 자라나곤 했다.

겨울에는 온통 얼음의 세상으로 먼 동네 아이들까지 와서 스케이트를 타는 축제이거나, 외발썰매를 만들어 외 꼬챙이로 가랑이 사이로 넣고 타는 스릴과 쾌감은 전신을 휘감을 정도인 것이었다. 눈보라 치는 날 십 리도 더 되는 학교를 갔다 오노라면 온몸이 얼어 눈사람이 되어 갔고, 연못 주위에 있는 아름드리 잣나무들까지 눈 속에 파묻히는 모습이 눈부시고 애잔했다.

초봄이 다가오는 어느 날은, 얼음의 가장자리가 녹는데도 불구하고 들어가 얼음이 깨지고 연못에 빠져 결국 이승으로 기어 나오지 못한 퇴계동장의 아들의 마지막 생을 가슴 찢어지도록 보기도 하였다.

연못 왼편 언덕에는 교회당도 있어 종소리가 새벽이면 은은하게 가슴을 파고들었고, 크리스마스 때는 교회의 마룻바닥에 앉아 찬송가도 부르며 빵도 얻어먹기도 하였는데, 그 목사님

딸들이 연못 아래 파릇파릇한 논둑으로 깨끗하고 단정한 교복으로 걸어갈 때면 멀리서도 무슨 아카시아 향기가 날리는 듯했고, 먼 어디 닿을 수 없는 나라의 종소리인 듯도 했다.

언젠가 동네가 개발이 되어 아파트촌을 이루었으니, 마침내 그 연못도 죽어갔고, 소 눈같이 순수하고 맑고 투명한 연못은 영영 내 가슴 속에 간절하고 아름답게 메아리쳤다. 그 물풀들의 노래처럼.

우리 집은 고개를 넘어 달랑 한 채의 초가였는데, 다 쓰러지기 직전이었고, 더욱이 혼자서 어두운 밤에 넘어갈 일이라도 생기면 아찔하기도 했고, 비라도 내리는 날이면 산소들 곁을 지나야 하니 들뛰는 여우 생각과 귀신 생각으로 죽기보다 더 힘든 발걸음을 옮겼다.

그래도 초가집은 산새 집처럼 아늑했고, 밤이면 달과 별들이 찬란하게 쏟아졌고, 비가 억수같이 쏟아지는 날에는 창호문을 활짝 열어놓고 이불을 뒤집어쓴 채 그 빗줄기와 싱싱한 비의 냄새와 비 오는 풍경에 젖어 드노라면 그 맛은 전신이 오싹할 정도로 신선함이 몰려오곤 했다.

울 안에는 아름드리의 미루나무가 하늘을 향해 뻗어가고 있었고, 고개 너머에서도 그 미루나무의 팔랑거리고 금가루처럼 반짝거리던 잎사귀가 나의 자랑처럼 손짓을 했는데, 학교를 갔다 오던 어느 날 아버지는 쌀 두 말에 그 나무를 팔아 거대한 미루나무는 사정없이 잘렸고, 내 꿈도 서럽도록 잘려나갔다. 그 이후 슬픔과 함께 다시 내 가슴 속에 미루나무 한 그루를 심어 꿈처럼 키워갔다.

초등학교 시절 가난 속에 누에를 키우러 떠난 엄마를 만나려고 방학을 손꼽아 기다려 산골로 엄마와 누에를 찾아, 양구 가는 버스를 타고 비포장도로를 따라 달렸다.

먼지를 뒤집어쓰고 걸어가던 산골짜기. 후끈 달아오른 뒷방에 가지런히 칸칸이 놓여있던 놀라운 누에의 세계가 신비롭게 펼쳐졌다.

누에는 아주 작았고 고물고물 징그럽기까지 하면서 어린 뽕잎을 먹는 소리가 마치 비 오는 소리 같았다. 그 어린누에가 네 잠을 자면 입에서 실을 뽑아 제 몸을 휘감아 계속 집을 짓기 시작한다는 것이다. 그 속에서 무슨 마법처럼 우화등선(羽化登仙)의 세계로 들어가고. 번데기 뒤에 남는 명주실의 세계.

그 한 올 한 올이 모여 비단을 만들고 여인의 의상으로 눈부시게 태어나다니 놀랍도다.

나도 누에를 거쳐 비단 같은 시의 세계로 가야 한다고 생각했다.

누에의 방

초등학교 방울 모자 시절
어머니는 그해 여름
가난을 막을 길 없어
양구로 가는 길로
누에를 치러 떠나가고
엄마 없는 빈 시간을
나는 애써 누르며 손꼽았다

방학은 마침내 들이닥치고
아름드리 밤나무의 초가집과
그 뒷방에 마련된 누에의 방을
나는 신기하게 들여다보았다
누에는 때마침 두 잠을 자고 있었고
아직 어린누에들은
뽕잎을 마구 먹어대고
뽕잎에 서서
가시 같은 발톱을 내보였다
한결같이 자던 누에들이 귀엽기까지 하다니,

어느 날 마지막 잠을 자고 나면

제 몸에서 은빛 실을 뽑아
제집을 지을 것이다
햇빛 출렁이는 집을,

눈물 같은 아뜩한 세월 뒤에
나도 한 마리
꾸물거리는 누에로 남아
아직도 뽕잎을 먹어대며
잠을 자고 있다
명주실 고운 꿈을 꾸며
내 몸에서 시를 뽑아
집을 지을 것이다
어머니의 눈물을 지나
은빛 파도치는 집을,
저 언덕 위에

중학교 1학년 때는 합기도 검은 띠를 가지고 있는 키가 큰 옆 짝이 매일 괴롭혀 참다못해, 당시는 잉크를 찍어 펜으로 썼 는데 그 펜으로 인중 옆을 찍었다. 그 후 괴롭힘도 밀물처럼 사 라졌고, 그때 펜이 주먹보다 강하다는 것을 처음 느꼈다.

그때는 먼지가 축제처럼 뽀얗게 일어나던 신작로 길을 열심히 걸어 다니며 중학교를 오고 갔고 그 뿐만 먼지 속에서도 은사시나무들은 아낌없이 깔깔거리고 반짝거리는 이파리들이 변함없이 온몸을 다해 흔들어댔다. 끝도 없이 그 길을 걸으며 나다니엘 호오손의 '큰바위 얼굴' 은 누구에게 나타나는가, 수없이 생각했다.

그리고는 고등학교 때는 친구들과 비오는 저녁에 작당을 하여 과수원으로 그림자처럼 스며들었다.

수밀도로 기어들다

그때는 복숭아 하나라도 하늘 같았다.
그 복사꽃 한 송이에서 어떻게 복숭아로 오는지 그 마법은 신기했다.
고등학교 2학년 때 고개 너머 여자 가슴 같은 골짜기를 따라 복숭아 과수원이 달콤하게 유혹하곤 했었다. 봄철 꽃이 만개할 때부터.
토요일 친구 둘이랑 비오는 밤을 잡아 과수원 울타리의 개구멍도 자세히 봐 둔 터라. 셋은 그림자처럼 발자국소리도 없이 과수원까지 다가갔고, 사람들도 거의 다니지 않는 산길이라, 수월하게 그 개구멍까지 도달한 것이다. 개구멍은 좁았고.

비는 추적추적 내리고. 어디가 어딘지 분간조차 할 수 없는 어둠이고. 어둠 너머의 나뭇가지에는 주렁주렁 무릉도원의 복숭아가 방긋방긋 웃고 있겠고. 작당을 했으니 여기에서 멈출 수조차 없고. 가슴은 쿵쾅쿵쾅 세차게 방망이질을 했고. 저 울타리 너머에는 알 수 없는 이브의 세계가 놓여있고. 걸리면 감옥 또한 기다렸고. 이 세계와 저 세계가 쉬지 않고 저울질을 해댔다. 가장 위험한 곳이 스릴도 가장 컸다.

아무튼 세 그림자는 빗속을 우산도 없이 개구멍으로 차례차례 기어들어 사라졌다. 물론 내가 이웃에 살고 있었고 지리도 잘 아니 내가 먼저 개구멍으로 버둥버둥 기어들어 4차원의 다른 세계로 빠져들어 갔다. 주인집은 저 건너 있었고 셰퍼드 개가 우리 같은 도둑이 그전에도 있었는지 가끔씩 컹컹 어둠을 향해 짖어대곤 했다. 간은 콩알처럼 매달렸고, 온몸을 최대한 공기처럼 가볍게 하고, 투명인간처럼 밤을 걸었다.

그리하여 살금살금 발걸음을 옮겨 복숭아나무를 헤아리며 다가가 점점 주인집 쪽으로 가는데 셰퍼드는 무슨 빗속에서도 도둑의 냄새가 나는지 조금 간격을 좁혀 컹컹거렸다. 간은 점점 콩알에서 깨알로 변해 가고 있는 느낌이었다. 그렇다고 사내대장부가 빈 몸으로 돌아갈 수도 없는 노릇이고.

그리하여 몇 걸음이 천 리길 되듯 복숭아나무 아래 서 있어도 그렇게 환상적이고 감개무량했다. 무릉도원이 그렇게 귀한 것은 처음이었으니. 사실은 어두워 그 감미로운 향기로 겨우 감

지했으니. 이것저것 생각할 것도 없이. 엄마 젖같이 약간 손가락에 말캉말캉 잡히는 것을 따서는 런닝 입은 뱃속으로 하나씩 하나씩 집어넣기 시작하는 것이다. 체육복 저고리를 꽉 잡아맨 채. 그런데 사실은 복숭아의 무게가 있어 뱃속은 계속 임신한 것처럼 불러오고, 배는 처지고, 열 개도 채 집어넣지 못하는 것이다. 어둠 속에서 수를 헤아리면서도. 순식간에 배불뚝이가 되어 다시 오던 길로 향했다. 그것은 걷는 수준이 아니라 살얼음 위를 미끄러지는 수준인 것이다.

그런데 커다란 문제에 봉착한 것이, 들어갈 때는 홀쭉하니 들어갔는데, 나올 때는 알 갖은 달랑게가 되어 나올 수가 없는 것이었다. 가슴은 활화산처럼 계속 뛰고, 셰퍼드는 짖어대고, 앞은 어둠뿐이고, 시간을 벌써 몇백 년을 흐른 듯하고. 그리하여 다시 개구멍으로 복숭아를 굴려 내보내고 홀쭉하니 제 세상으로 빠져나오니, 보았다면 이건 사람 수준이 아니라 개꼴이었으리라.

다음날 고개 너머 연못에서 복숭아를 동동 띄워놓고 알몸으로 헤엄을 치면서 그 복숭아를 물 위에서 불어대기도 하고 복숭아를 다시 건져, 수달 모양 복숭아를 껴안고 따가운 햇볕 아래 쩝쩝대며 게걸스럽게 여름과 함께 해치워댔다.

게다가 어머니는 예순의 나이에도 공사장으로 가서 거침없이 일을 하셨는데, 도청 앞 문화관을 지을 때도 3층엘 모래통에 모래나 자갈을 퍼 담아 짊어지고는 오르내리시는 거였다. 한번은 친척 여고생이 보고는 고개를 돌리고 가더라고 서운해하시며 말씀을 하시는데 나는 늘 가슴이 무너졌다.

나도 대학은 때려치우고 공장엘 들어가 어머니의 생계도 돕고 평생, 책이나 사서 실컷 보는 것이 소원이었다.

일에서 돌아오셔서 밤마다 끙끙 앓으시는 소리에 나도 매일 눈물로 베개를 적셨다.

문화관 앞에서

플라타너스 잎사귀가 커질 대로 커져
지상의 푸른 별 같은 초여름,
어머니, 아직도 가슴 한편으로 아리게
소쩍새 소리가 빗살무늬를 긋고 있어요

어머니 나이 예순에
무엇이 부족하여
단단한 붉은 벽돌을 지고
문화관 삼층을 하루 종일 오르내리고는
한 장 한 장

어머니의 땀과 혼으로 차곡차곡 벽을 쌓아 올리며
나의 세파를 막아주려고
대학 등록금을 만들던 어머니,
밤마다
뼈마디로 신음하던 낮은 소리에
베갯잇을 눈물로 적시고
그 밤의 허방을 내내 막을 수가 없었어요

그리고 오늘 오후
만화영화를 꼭 보아야 한다는 손자가
낌새를 전혀 눈치채지 못하고
혼자서 성큼성큼 그 문, 안으로 걸어 들어갈 때
어둠 속에서 분명히
어머니를 만날 수 있을 거라고
어둠 속에 떠 있는 별들을 만날 수 있을 거라고
짐짓, 나도 오랜만에 눈을 감고
그 어둠 속의 별들을 천천히 모아보아요

돈이 없어 육군사관학교에 가려고 했으나 몸무게 미달로 떨
어졌다. 나중에 생각하니 떨어진 것이 천만다행이었다.

없는 돈을 긁어모아 수학교육과에 입학을 하였는데, 2학년 무렵 서서히 회의감이 몰려왔다. 수학이 재미는 있었지만 날이 갈수록 온통 수와 식과의 선문답이니, 무슨 삶이나 인생 얘기를 지껄일 수도 없어 답답한 노릇이었다. 솔밭에 앉아서 혼자서 도시락을 까먹으며, 출구가 없었던 삶은 쓸쓸히 책 속으로 깊이 빠져들곤 하였다.

마침내 졸업을 하고 몇몇 수학과 친구들과 첫 발령을 삼척 바닷가 근덕중학교로 가는 날, 처음으로 대관령을 넘고 대관령 위에서 보는 눈썹 같은 바다는 꿈이었다. 마치 천국을 처음 본 것 같은 환상을 지금도 잊을 수가 없다. 아무튼 근덕중에서 군대 관계로 백일을 근무하는 동안 학교의 운동장에는 늘 바다가 들어차 있었고, 얼마나 아이들과 바다가 좋은지 늘 환상 속에 살았다, 그리고 새벽이면 일찍 일어나 바닷가까지 십여 리를 매일 달려나갔다. 수평선에서 밀려오던 끝도 없는 파도의 갈기. 거기 숨 쉬는 신비. 형언할 수 없는 기적. 또한 그곳에서 세찬 봄바람에 파랗게 물결을 일으키는 보리밭의 풍경이 얼마나 아름답게 가슴을 파고드는지. 거기다 봄이면 시냇가를 따라 수박 향으로 가득한 은어 떼들이 개울 가득히 반짝거릴 때 그 바다로 가던 시냇물이며 그 시절이 얼마나 봄볕처럼 눈부시게 아름다웠던가.

가끔씩 시간이 나면 혼자서 멀리까지 걸어 작은 포구 덕산항

에 다다랐고, 고깃배들과 어부들을 비릇한 풍경 속에서 유심히
보노라면 이렇게 아름다운 세상이 있다는 것을 발견하기도 하
였고, 포구가 내려다보이는 언덕에서 오랫동안 그물과 물고기
를 손질하는 모습을 지켜보는 것만으로도 설레고 아름다웠다.

시간이 비는 주말이면 주위의 바닷가도 돌아보고 근처의 맹
방 초곡 궁촌 장호 등을 돌아보면서 해풍에 말리는 다양하고
신비한 바닷고기들과 어부들을 만나는 것들 하나하나가 모두
기쁨이었고, 삶이 아름다웠다.

부모의 나이가 많은 관계로 보충역을 마치고 탄광 도계의
종합고등학교로 다시 옮겼는데, 검은 냇물과 검은 탄 더미와
검은 풍경들이 펼쳐졌고, 앞뒤 산들은 엄청나게 가팔라 하루에
해가 하늘에 떠 있는 시간은 아주 짧았다. 그곳 아버지들은 거
의 다 탄광에 종사하였고, 우리는 퇴근할 무렵이면 수시로 포
장마차에 기어들어 세파에 펄럭이는 포장마차의 천막 속에서
술과 탄광의 어둠 속으로 천천히 젖어 들었다.

그러던 어느 날 그 학교에, 경희대 영문학과를 나오시고 시
를 쓰시던 정종화 선생님과 둘이 막걸리를 대양처럼 마시다가
너무 취했는지 나도 시를 쓰고 싶다고 헛소리를 입 밖으로 발
설한 것이 내 발목을 잡을 줄이야.

사실 춘천중학교 때 소설가 전상국 선생님과 희곡작가 양한
석(고동율) 선생님도 계셨는데, 학교 다니는 동안 한 번도 백일

장에 나가본 적도 없었고, 동시 한 줄 시 한 줄을 써본 적이 없었으니, 더더욱 웃기는 노릇이었다.

아무튼 조동아리로 발설은 해놨으니 그때서부터 시집을 사서 읽기 시작하고 매일 새벽 습작을 시작했는데, 무슨 시 한 줄은 안 나오고 허공에 둥둥 뜨는 소리나 해대고, 귀신 씻나락 까먹는 소리나 중얼대고 있었다.

정종화 선생님네 가족과는 봄이면 주말에 빨랫거리를 가지고 마교 골짜기에 가서 아이들과 사모님은 빨래를 하시고 우리는 삽추싹 취나물 등을 뜯어 와서는 저녁에 그 댁에서 나물로 안주를 만들어 막걸리를 마셔댔고, 말이 별로 없었던 선생님과는 가끔씩 무슨 선문답 하듯 얘기를 나누곤 했다.

한번은 콧구멍만 한 하숙집 옆방에 그 당시 이미 등단하고 시도 잘 쓰는 시인이 있었는데, 내가 산 P.B 셸리의 '시의 옹호'란 '시론'을 빌려 가서는 도통 줄 생각을 안 하는 것이었다. 그의 집은 강릉이었고 그 당시 막 결혼하기 직전이었는데 주말에 강릉으로 떠나고 나는 탄광에 남아 술을 잔뜩 퍼먹고 혼수상태로 그 방문을 뜯고 '시의 옹호'를 거뜬히 들고 나왔는데, 나중에 알고 보니 결혼반지가 없어졌다는 풍문이 돌았다. 사실 나도 가슴이 철렁 내려앉았고 30년 후에 그래도 도저히 그 일을 지울 수 없어, 그가 근무하던 고등학교로 작은 돈이지만 결혼 시계값이라 하고는 삼십만 원과 사죄의 편지를 써서 보냈더니, 그 돈으로 인사동에 가서 비싼 향을 사서 정선에 다니는 작은 절에 시주를 했으니 더 이상 그 생각일랑 향불과 향의 연기처럼 날려버리라고 다시 답장이 오기도 했다.

춘천여고로 학교도 옮겨 연애도 못 하던 내가 중매로 6개월 만에 결혼을 했다. 그런데 그녀의 큰오빠가 결혼 전에 와서 다 쓰러져가는 집을 보고는 울면서 갔다고 했다. 그곳으로 시집을 보내려 하니 그 마음 오죽했겠는가.

그 초가집에서 아무튼 신혼을 차렸는데, 방문 안으로 장롱이 들어가질 않아 문밖에 귀우뚱 장롱을 세워놓았으니 신혼 초도 가관이 아니었다.

아무튼 쓸쓸한 초가에 밀물처럼 여자가 드니 꽃 같았고 향기가 돌았다.

또한 아이들도 하나 둘 셋 태어나니, 집안에서는 새소리가 하루 종일 들렸고, 사람 사는 집 같았다. 한 집안이나 나라에서도 가장의 역할이 얼마나 중요한지, 살아오면서 뼈저리게 느끼고 있는 것이다.

그동안도 습작은 허우적거리며 해댔지만 진척이라곤 손톱만치도 없었다, 그 사이 정종화 선생님도 원주로 전근을 가시고 방학이면 원주로 찾아가 마시고 이야기도 나누었는데, 매번 방학이면 찾아가 뵈었고, 나는 열심히 편지와 습작을 보내드렸고,

연애편지보다도 더 섬세하게 인생과 시에 대하여 일 년에 한두 번씩 끊임없이 편지를 주셨다.

아무튼 나도 춘천여고로 발령을 받고 습작은 계속하였는데 뜬구름 잡기는 계속되었고, 그 당시 수필을 맛있게 쓰시던 수필가 이희수 국어선생님이 나보고 교지에 테마 에세이 '어머니' 다음 해엔 시를 한번 써보라고 해서 썼는데, 나중에 보니 시는 엉터리 같아, 쥐구멍에라도 들어가고 싶은 심정이었다. 또 한번은 강원일보 오솔길에 글을 한번 써보라 하여 친구 형님의 파란만장한 인생 얘기 '겨울 방문'을 썼는데 정종화 선생님이 그 글을 시로 만들어 보라고 하셨는데 낑낑거리며 해보아도 시에 닿은 것은 어불성설이었다.

어머니

그해 바느질에 몰두하고 계시는 어머니의 모습을 살며시 내려다보았다. 일흔둘에 머리는 온통 갈대꽃처럼 하얗고, 상처 많은 자리들은 늦가을 짙은 떡갈나무의 잎과 같은 살갗에 보이질 않는다. 오른팔의 아래쪽이 약간 휘어있고 손가락들은 굵고 거칠다. 어렸을 적에 등이 가렵다고 하면 늘 손바닥으로 슬슬 문질러주셨고 그때마다 시원하고 쓰라렸으며, 흰 팔은 오래전에 넘어지셔서 부러졌을 때 고집스레 집에서 판자를 대고 천으로 감아 똑바로 굳지를 못했었기 때문이다. 키는 나의 어깨에 닿았고 발은 어린아이의 발처럼 작았다. 그 발로 옛날 작은 포부를 지닌 아버지를 따라 멀리 회령 두만강까지 두루 다니셨다 한다. 바느질을 하는 얼굴 위로 수많은 사연들이 물결지고 그 생각을 따라 좀 더 새롭고 고운 날들을 깁고 있는 듯하다. 시종 거의 말씀이 없으셨다.

지금도 어머닌 가끔 안마산의 규모가 작은 절을 다니셨다. 백일기도를 드리고 나를 낳으셨다 한다. 그해가 어머니 나이 마흔하나. 그 후로 푼푼이 모은 돈을 쪼개어 한번도 거르지 않고 시주하셨다. 정성과 결심은 어머니의 종교, 그걸 종종 찾으며 생각하며 느껴본다.

고등학교 일학년 무렵 초등학교만 나온 세 누나들은 모두 결혼을 하고 어머닌 계속 가족의 생계와 나의 학비를 위해 노동을 하셨다. 작은 채마 밭으로는 생활하기가 가능하지 않았기에 어머니의 일도 자연, 철을 따라 얼굴을 달리했다. 봄에는 향긋한 산나물을 뜯고 여름에는 김매기와 공사 일을 따라 초겨울까지 다니셨고 한겨울엔 땔나무를 마련하기 위해 산을 오르내리셨다. 어머닌 정말로 부지런하셨고 새벽부터 밤늦도록 발을 붙이질 않으셨다. 때때로 나에게 도둑질 빼고는 어떤 일도 다 할 줄 알아야 한다는 말씀대로 자신도 어느 일을 가리지 않으시면서 표정은 항상 밝았고 자신에 차 있으셨다. 그러나 잔일로는 목돈이 마련되지 않았기에 그전부터 주로 공사 일을 다니셨고 틈틈이 다른 일을 하셨다. 다른 면엔 무척이나 아끼셨고 나의 요구엔 선뜻 돈을 내주셨기에 사실 손을 내밀 엄두가 나지 않았다.

공사일은 물을 나르시고 모래와 자갈 벽돌 등을 나르셨다. 항상 괜찮다 하시며 안으로 안으로 삭히셨으나 밤에 주무실 때는 모르게 나오는 아픈 신음소리에 나도 또한 낮은음으로 베개를 수시로 적시며 울었다.

한번은 도청 앞 시립문화관을 지을 때 나의 물음에 삼층엘 벽돌을 지고 나르신다며 오후에 고등학교 다니는 가까운 친척집 여자아이를 보았는데 보고는 고개를 돌리며 가더라며 자못 섭섭한 표정을 감추지 못하셨고 벼랑 위에 선 나의 가슴은 철렁 내려앉았다. 어머니 그때 나이 예순. 만류하는 말씀도 아랑곳없이 어머니의 생활엔 장식이 없었다.

고등학교를 마칠 때 내심으로 진학을 말고 공장엘 다니기로 결심했으나 그것도 역시 수포로 돌아가고 말았다. 물론 그 후로 아르바이트를 조금 했으나 그것 가지고는 짐을 덜어드리지도 못했으니. 어머닌 일을 위해 나신 것 같은 착각에 빠질 정도로 무서운 고독과 거대한 인내와 따뜻한 사랑을 느낄 수 있었다. 가끔 문화관에서 편히 앉아 강연이나 가곡 등을 들을 때면, 어머니가 올린 벽돌들 생각하며 묘한 감정에 휩싸이곤 한다. 옛 도립병원에 드나들 때에도 나의 가슴에는 알알이 어머니의 땀과 눈물과 사랑이 들어와 박히는 것이다. 그래서인지 어린 시절부터 옛날 초가집이 무척이나 푸근했고 그 속에서 슬픔과 사랑을 함께 마셔왔는지도 모른다. 어머닌 가정일로 괴로우실 때는 산에 나무를 하러 가시곤 했고 거기서 눈물을 흘리시리라는 것을 나는 잘 알고 있었다. 산은 어머니의 고향. 그 솔밭길을 따라 자주 국사봉엘 오르내리며 나도 조금씩 성장했는지 모른다. 말 못 할 숱한 이야기와 고독한 날들은 이제 세월의 저편에서 가물거리지만 달리 부러워했던 것은 없었고 스스로 견디며 일어서고 싶었던 심정뿐이었다. 가끔 안마산 아래 산사(山寺)로 가는 길을 홀로 걸으며 땀으로 평생을 젖은 어머니의 숲길을 헤치고 가보는 것이다.

영원히 아름다운 것들을 생각하며.

겨울 수로

밤이 깊어가는 북한강가 카페에서 바라보는 강은 아직도 드넓어, 어둠과 강 건너 마을의 불빛과 적막을 고스란히 칠흑같이 빨아드리고 있고, 어둡지만 강물의 수면이 가슴에 다가와 먹물처럼 처연하게 흐르고 있었다.

강 건너 마을에는 친구 형이 살고 있고, 형은 그 옛날 초등학교만 나와 신도극장 샌드위치맨 광고를 하기도 하고, 서울 충무로에서 소금보다 짠 매형네 카센터에서 하루 종일 기름강아지처럼 일하다가 몇 푼씩 푼푼이 모아 서면(西面) 윗동네 바람 많은 산자락에 과수원을 장만했다.

당시는 아랫마을과 이어지는 포장도로도 없었고, 가족들은 봄부터 과일나무에 매달려 꽃들을 달래며 과일 봉지를 씌우고는 희망으로 빛났다. 강 건너 마을을 건너려면 악을 쓰며 소리쳐 배를 불러서 가거나, 아니면 용산에서 줄을 당겨 가는 배가 있어 줄을 잡아당겨 강을 건너가고는 하였다.

나는 오히려 친구보다는 그 형이 가슴에 슬프도록 남아있어 교직에 나가면서 방학 동안에 늘 찾고는 하였다.

어느 겨울방학에도 어김없이 혼자서 아이들에게 줄 선물과 소주와 고기를 한 봉다리 사서 저녁이 내리는 강가에서 무슨 끈적끈적한 삶을 잡아당기듯 배의 줄을 잡아당기며 넓고 넓은 강을 건너고 있는데 한겨울 눈발이 문득 생각이라도 난 듯 펑펑 쏟아지고 있었다. 눈송이들은 나비 떼처럼 강 전체와 마을과 나의 가슴에 쏟아져 전설처럼 퍼부었다. 강을 건너서도 한 십리는 또 걸어야 했는데, 뒤에는 벌써 설렌 은빛발자국들이 따라서 걸어오고는 속살거리며 겨울강을 이루었다.

전화가 없던 시절 형 형수 어린 아들 둘을 만나는 기쁜 마음은 얼었던 몸을 단숨에 녹이는 것이다. 형은 겨울수로를 당겨오느라 혼자서 어둠이 내리는 골짜기에서 물길을 파고 또 파고, 당기고 또 당겨서 집까지 끌어오는 것이다. 때로 과일을 기

166

다리던 가을이 허방에 떨어져 그 슬픔이 강물로 흐르고는 하였다.

천천히 부엌에 앉아 가스등을 켜고 고흐의 감자 먹는 사람들처럼 소주를 돌리고 그동안 살아왔던 얘기를 털실처럼 풀어내기 시작하면 점점 하얗게 눈 덮인 겨울밤으로 정신없이 빠져들기 시작하는 것이다. 형수와 아이들도 지쳐 일찍 들어가 자면 형과 둘이 앉아 겨울 같은 삶의 이야기를 장작불처럼 끝도 없이 지펴가는 것이다.

키우던 씨암탉과 가축들도 잠든 사이, 사실 형은 삶 속에서 발견한 지혜와 경험을 눈 속에서도 빛나도록 이야기하는 것이다. 둘은 밤이 이슥하도록 뭘 그리 할 말도 많은지, 소주와 더불어 인생의 밑바닥을 눈길처럼 하얗게 다 들어낼 듯하였다.

새벽에는 두껍게 얼어가던 여울목이 쩌렁쩌렁 얼음 깨지는 소리와 함께, 찬란한 겨울 햇빛을 털어내며 날아오르던 물오리들을 보노라면, 겨울눈 속에서 추위도 고스란히 잊은 채 그 장관이 오히려 나를 겨울나무처럼 얼어붙게 하는 것이었다. 나는 지금도 그 설경이 너무도 가슴에 사무쳐, 이 세상 속에서도 어느 그리움의 한끝이 나를 힘껏 끌고 가는 것을 눈물처럼 끝없이 보고 있는 것이다.

이후 자율학습 관계로 교감과 한판 붙고, 내신을 하여 동해로 가고 싶다 하였으나, 도계 탄광의 여자중학교로 다시 가게 되었으니 운명도 기구하여라. 그러나 실제로 탄광에 다다르니 고향 같은 마음으로 설레기까지 하였다.

그동안 남자 선생들과 작당을 하여 탄광의 막장을 방문하기도 하였는데, 그 지하 갱도로 들어가는 길이 무슨 죽음으로 들어가는 것 같기도 했고, 또 그 탄광 먼지로 안개같이 가득한 갱도 내에서 탄을 캐고 도시락을 먹는 것을 보면서 가슴이 찢어졌다. 백문불여일견(百聞不如一見)이었다. 또 작당을 하여 주말에는 태백산을 기어올라 태백의 정기를 마셔보기도 하고, 길도 없는 천 고지가 넘는 육백산 능선을 타고 멀리 '하고사리'로 넘어가다 간첩 누명을 쓰기도 하였다.

망각의 지층

나는 30년도 더 전의
탄광 도계를 지나갔다

그해 여자중학교 1학년인 정심이의 아빠는
그 전날 밤 탄광의 막장으로 일하러 가서는
영영 나오질 못했고

비어있는 책상 위에는 5월의 장미가
붉게 오열하고 있었다

이 망각의 석탄층에서 다시
타오르는 불꽃들……

정심이는 그동안 얼마나
검은 지층에서 살았을까

그 검디검은 갱도의 시간을 지나

다시 푸른
유월의 녹음 속을,
그리고 그 녹음 아래 아직도 묻혀있는
검은 아가리의 지하 갱도를 나는
아무도 모르게 지나가고 있는 것이다

학교를 이곳저곳 떠돌아다니고 방학이면 어김없이 정종화
선생님을 만나 술잔을 기울였다.
　하지만 시가 안 돼 죽고 싶은 생각이 드는 것이었다. 하지만
편지는 30통 이상 받았지, 사면초가였으나 역시 그래도 시 한

편을 완성하여 보여드리는 것이 도리라고 생각되었던 것이다.

시는 호락호락 속살을 보여주지 않았다. 그리하여 사십도 중반을 넘길 즈음, 어떻게 보면 고사할 나이인데, 2000년 들어서 그제서야 시가 조금씩 되는구나, 생각되었다.

늦은 나이에 시작을 했으니 쉬지 않고 절차탁마의 심정으로 밀고 가야 하리라.

농부가 농사를 지으며 인생을 깨닫고, 노동자가 노동을 하며 인생을 깨닫듯, 시인은 시를 통하여 수신(修身)을 하고 수양(修養)을 하며 인생을 깨닫는 것이라고, 정종화 선생님은 말씀하셨다.

오랜 세월이 지난 어느 해 여름 폴란드에 가고 싶었다. 폴란드의 아우슈비츠를 두 눈으로 꼭 보고 싶었다. 영화에서 보던 이중의 철조망과 감시탑과 감옥과 가스실과 절규와 지옥을……

인간의 현실이 때로는 상상을 뛰어넘는다. 이루 말할 수 없는 인간들의 역사.

아우슈비츠

한여름

거대하게 자란 미루나무 사이에서
자갈 소리처럼 울부짖던
말매미들

줄지어 걸어가던 발자국 소리들이
숨죽이고 있다

영화에서 보던
그 철조망과 철조망들
높이 솟아 감시하던 감시탑들

유리벽 속에는
산더미 같은
안경과 가방과 옷가지와 장식품과 신발들…

사진 속에는
지옥의 날들

가스실 벽들이
말없이 절규하고 있다

오, 내 안에서 춤추는

악마의 옷자락이 펄럭이고

또, 어느 해 여름에는 러시아 톨스토이의 집을 방문했다. 집 앞길이나 정원이나 연못이나 집, 헛간 집필실 등 어느 하나 그 옛날 그대로 달라진 것 없이 놓여있다. 마치 금방이라도 톨스토이가 거대한 몸의 농부로 나타날 것만 같은 풍경이고 분위기다. 흙길 그대로. 자연 속에 살던 그대로. 무엇 하나 꾸민 것이 없다.

톨스토이가 죽음을 눈앞에 둔 만년에 인생을 집약하는 의미로서 '살아갈 날들을 위한 공부'라는 글을 모아 인생의 지침서로 삼았다. 삶의 고통을 넘어서 문학은 생명을 사랑하고 꽃피워야 하는 깊은 고뇌인 것이다. 삶은 곧 지나갈 것이다. 문학은 어딘가에 남아 등불처럼 깊은 호흡이 될 것이다.

그는 농민들의 자녀도 가르치며, 소설과 자신의 삶을 일치하는 생활을 하였다. 그의 소설 '사람은 얼마만큼의 땅이 필요한가'에서처럼 인간은 자신의 몸이 들어갈 만한 땅이 필요하다고 소설에서 말하고 있다. 그의 소설 그대로 자신의 무덤도 무슨 장식 하나 없이 비석도 없이 풀로 덮이고 울타리도 없이 조용히 숲속에 누워있다. 그의 인생론처럼.

톨스토이의 집

모스크바 남쪽
버스로 두 시간 거리
그가 떠난 지 108년

오히려 그가 잠시 전에
말을 타다 들어간 듯
땅이나 집이나 변함이 없다

연못에는 잔물결이 파르르 밀려오고
수양버들이 하늘거려
그의 영혼이 살아 숨 쉬고 있다

아름드리 자작나무 숲길은
그 기억들을 바람에 맡긴 채
속살거리고

그가 집필하고
아이들과 뛰놀던 집은
옛날 그대로
그의 숨결을 내놓고 있다

드넓은 밭에는 사과나무를 가득 심어
고목의 나무가 사과를 익히고

숲속 먼 길 속에
'인간에게 얼마만큼의 땅이 필요한가'를 증명하듯
길이 2미터의 단순한 무덤 앞에
아무런 장식 없이
노란 야생화들이 무덤에 놓여
그대의 생애를 묻고 있다

지난해 봄에는 W.B 예이츠, 제임스 조이스, 사무엘 베케트, 오스카 와일드 등의 고향 아일랜드 더블린을 가고 싶어 잉글랜드 스코트랜드 웨일스를 한 바퀴 돌았다. 셰익스피어의 스트랫퍼드어폰에이번 생가를 둘러보며 인간의 비극과 희극의 작품들을 생각하고, 어리석은 인간들을 바라보았다.

또한 비틀즈가 공연하던 공연장과 '존 레논'이 사용하던 물건들도 마치 무슨 숨소리처럼 보았다.

지구별 안에서 인간은 평화스럽고 행복하고 아름다운 인간으로 머물기를 원한다.

Imagine

나, 오늘
비틀즈의 거리
캐빈 클럽에서
'*Imagine*'을 작곡한
존 레논의 피아노와
안경과
악보와
그가 즐겨 입었던
양복을 바라보네

상상해 보라
온 세상으로 퍼져나가는
그의 선명한 선율을,

어린 시절
뼈아픈 슬픔 속에서 살았어도
그 고독을 걷어내고
밤하늘의 숱한 별처럼
쏟아져 내리던
그의 겨울은 노래가 되고

그의 절규는 꽃송이가 되고,

나의 몸을 타고 흐르는
저 햇살 같은 노래

국경의 밤을 넘어
가난 속으로
슬픔 속으로
보석 같은 별들을 뿌리고 있네

상상해 보라

경계가 없는 나라를,
그 천국을

오늘도 진실을 향하는 삶 속으로 나는 걸어가고 있다.
저 토성에 이를 때까지.
사랑으로.

조성림 ———————————————————————————————

• 조성림 시인은 1955년 강원도 춘천 출생으로 2001년《문학세계》신인상 당선으로 등단했다. 시집으로 『지상의 편지』『세월 정류장』『겨울노래』『천안행』『눈보라 속을 걸어가는 악기』『붉은 가슴』『그 늘의 기원』(2018 한국문화예술위원회 문학나눔선정도서)이 있다. 한국문화예술위원회, 강원문화재단 전문예술창작지원금을 받았으며, 홍천여자중학교 교장 및 춘천문인협회 회장 역임했다. 현재,〈표현시 동인회〉회원으로 있다.

시와소금 시인선 113

낙타를 타고 소금 바다를 건너다

ⓒ조성림, 2020. printed in Seoul, Korea

초판 1쇄 인쇄 2020년 04월 10일
초판 1쇄 발행 2020년 04월 15일
지은이 조성림
펴낸이 임세한
펴낸곳 시와소금
디자인 유재미 정지은

출판등록 2014년 1월 28일 제424호
발행처 강원 춘천시 충혼길20번길 4, 1층 (우-24436)
편집실 서울시 중구 퇴계로50길 43-7 (우-04618)
전화 (033)251-1195(팩스겸용), 휴대폰 010-5211-1195
전자주소 sisogum@hanmail.net
ISBN 979-11-6325-010-4 03810

값 11,000원